恋文道中記

<銭形平次捕物控>

野村胡堂

目次

恋文道中記

海道の巻

一

「オー、オーイ、親分。ちょいと待って下さいよ、オーイ」

「止せやい、何んて間抜けな声を出しゃがるんだ。無冠の太夫敦盛が迷児になりゃしめえし、品川の海を眺めながら、オーイ、オーイもねエものだ」

銭形平次は足を淀ませます。

「自棄に早い足だぜ、韋駄天の申し子が飛脚屋に奉公したようだ。おおくたびれた」

高輪から八つ山下へ、泳ぐような恰好で駆けて来るのは、ガラッ八の八五郎でした。

「馬鹿だなア、道傍へ腰なんかおろして、装束が馬糞だらけになるぜ」

「くたびれて口も利けませんよ。ああお茶が一杯呑みてェ」

「無駄を云わずに用事を申し上げな、何んだって斯んなところまで追っ駈けて来たんだ。まさか赤とんぼに釣られて、神田からフラフラと飛んで来たわけじゃあるめえ」

「そこですよ親分――親分が跟(つ)けて来たエテ物はどうなったんで？」

「あれ見な、品川へ入ったよ。きっかけがないから縛るわけにも呼び止めるわけにも行かねエ。ここから先は韮山(にらやま)の支配で、八州の手先の縄張りだ。土蔵相模に秋の陽の映るのでも眺めて、ゆるゆる引返そうと思っているところよ。飛んだくたびれ儲けさ」

平次は投げたように云いながら、顎(あご)で行先を指さすのでした。街道筋はようやく陽が高くなって、秋の光の中を、幾群れかの旅人が、それぞれの支度に身を固めて西へ西へと動いているのです。

「ところが親分。親分が発った後で、笹野新三郎様から急の御使いがあって、平次に何処までもあの一行を追っ駈けろという御指図だ」

「何？」

「こいつは容易ならぬことだ、今のうちに押えて置かなければ、どんな変事になろうも知れない。例の品を奪い還(かえ)して、人まで殺して立ち退いた曲者の正体を見定めるとことんまで追っ駈けるようにとのお言葉だ」

ガラッ八の八五郎はそう云って、持ち重りのする財布を一つ平次の手に渡すのでした。

「何んだこれは?」

「路用ですよ、親分。びっくりするほど入っていますぜ」

銭形平次はこうして、思いも寄らぬ不思議な旅に上ったのです。

「それじゃこの俺に、このなりで旅に出ろというのか」

「笹野の旦那も気の毒がっていましたが、大きく云えば天下静謐のため、我慢をして何処までも行ってくれという御言葉ですぜ——神田の留守宅——ことに独りぼっちの姐さんはお気の毒だが、あっしの叔母に万事を頼んで来たから心配なんかありゃしません」

ガラッ八の八五郎は精いっぱいの慰めの言葉を並べるのでした。

「誰が女房のことが心配だと云った」

「満更そうでもないでしょう、ヘッ」

「馬鹿野郎、何んていやな笑いようだ。俺はそれより旅の用意を何んにもしていないのを苦労にしているんだ。町内のお湯へ行くんだって、もう少し支度というものがあるよ。草履を突っかけて、懐手をして、京上りする扮じゃないぜ、これは——」

平次は自分の無造作な風体を見廻して苦笑いをしておりました。

「品川へ入りゃ、旅装束なんざお好みしだい何んでも売っていますよ。江戸をズラかる人間は皆んな此処で扮を拵えるんだ。お大名の行列じゃあるめえし、そんな心配は要るものですか」

「よしよし、わかったよ八。あんまり不意だから少しばかりびっくりしただけなんだ。それじゃ先の行列が姿を隠さないうち、そろそろ道中にかかるとしようか。あばよ八」

平次は袂を払って立ち直りました。もう斯うなれば、京大阪は愚か、行先は九州薩摩潟でも後へは引きません。

「あっしも行きますよ、親分」

「何んだと？」

あまりの事に平次は立ち止りました。

「お供しますよ。京大阪は愚か、唐天竺までもね」

「お前も行くというのか」

「ヘエ」

「帰れ帰れ、叔母さんが心配するぜ」

「水盃で出て来ましたよ。天下静謐のため、あっしも一と肌脱ぐつもりでね」

「大きく出やがったな」

「本当のことは、親分のいない江戸なんざ、退屈で三日と住めるものじゃありませんよ」

「馬鹿だなア」

そう云いながら、銭形平次は心から嬉しそうです。

ガラッ八は陣を立て直しました。

「銭形の親分ともあろう者が、老け過ぎた抜け詣りのような、気のきかねエ恰好で旅へ出るのは、いったいどうした訳なんです」

「老け過ぎた抜け詣りか、ハッハッハッ良い見立てだ」

平次はカラカラと笑いました。鈴ヶ森にかかると道はすっかり淋しくなって、林も四囲も、旅人も、乗掛馬も、真昼の陽を浴びながら妙に秋さびます。

銭形平次と子分の八五郎は、いつも斯んな調子で、大事な話を運ぶのでした。町方の御用を勤めて、十手捕縄を預かる身分ながら、どんなに憂欝な場合でも、命の的の緊張した空気の中でも、こう酒落のめさずには居られないほど、江戸の坩堝の中で育った畸形な文化の中毒者たちだったのです。

「ね、親分、冗談は冗談として、旅の目的だけでも話して下さいよ。せっかく装束は出来たが、六十六部だか、西国巡礼だか、見当のつかない旅じゃ、歩く張合いもないじゃありませんか」

八五郎は怨ずるのです。品川で拵えた旅装束は、二人とも大店の番頭と云った手堅い町人風で、懐中に白磨きの十手は忍ばせましたが、遠州縞の滅法野暮な袷に甲掛脚絆、振り掛けの小さい荷物、紙入留めを一本、キリリとした草鞋拵が板について、八五郎は妙に裏淋しくなるのでした。

「俺とお前の道行じゃ、床にも出語りにも乗りっこはねエ。一番鳴物抜きで、旅の由緒因縁を物語るとしようか」

「ヘッヘッ、鳴子でも叩きましょうか」

「馬鹿にしちゃいけねエ」

「ところで本読みの方は？」

「おっと忘れちゃいけねエ——斯うだ。三日ばかり前、笹野の旦那が、ちょいと八丁堀の組屋敷へ来いと仰しゃる。取るものも取敢えず、駈け付けて見ると——」

平次は語り始めるのでした。その頃飛ぶ鳥を落すと云われた笹野新三郎は吟味与力。寛闊で爽快で、若くて、その上物の道理がわかって、平次とよく馬の合った所謂八丁堀の旦那だったのです。

その笹野新三郎が、銭形平次を呼んでそっと引合せたのは、御留守居風の立派な中老人と、お上品で手丈夫で、美しくさえある素晴らしい椎茸髱――大ヒネ奥女中でした。

「実は平次、天下のため折入って頼みがある――」

と、先ず笹野新三郎がきり出したというのです。

街道筋の秋日和は、この上もなく爽快でした。川崎近くなると、道は次第に賑やかになって武士も町人も、出家も百姓衆も、そして弥次郎兵衛も喜多八も、少しばかり冷淡さと敵意と、それが何時でも用意しているお節介と親切心とを、無言のうちに交しながら、西へ東へと急いでいるのです。

「――ところで八、笹野の旦那はこう仰しゃるのだよ――名前は申し上げられないが、ここにいらっしゃるお二人の御主人というのは、さる尊い方の奥方で、このたび御世継の男の子をお産みになった――が」

　平次の話は世にも不思議なものでした。

　笹野新三郎の八丁堀役宅で逢った、御家老とお局の御主人、つまり尊い方の世継を産んだという女性が、腹の黒い側室の毒計に陥って、今は九死一生の大厄難に遭っているというのです。

　その奥方というのは、微賤の育ちではあったが、才色まことに絶倫で、この世の人とも覚えぬほどの美しさでしたが、まだ若くて分別の定まらぬ頃、フトした物の過ちからさる男と契り、かりそめの恋文を、二通、三通と取交し、それっきり忘れてしまって、さる大々名の奥方に出世したのです。それから幾年か経った今頃になって、少女時代に書いた他愛もない恋文が側室の手に入り、お妾側の悪人が策動して、それを種に、奥方と奥方の産んだ世継の若殿を蹴落しにかかっていると言うのです。

「――そのお子様は、一度運が向けば上様の御跡取りにも直られ、征夷大将軍とも立てられる方だ。側室方の悪企みが成就して、奥方とお子様が黜けられるようなことがあれば、まことに天下の一大事――と、お二人が仰しゃる」

　平次は笹野新三郎の口調をそのまま、なおも話を続けるのでした。

「――ところで、側室方の者が、奥方が十年も前に書いたその恋文三通を持って、本国へ急いでいるのだ。お国許に居られる殿様がそれを御覧になれば、何も彼も滅茶滅茶、奥方は御自害、お子様は阿呆払いになるのは眼に見えている。――それも構わないが、見す見す御病弱な殿様の御跡は何うなる――恐ろしいことだ――とこう御家老は云われる」

平次は眉を垂れました。

「その恋文を持った野郎はどこへ行ったんです」

八五郎はたまり兼ねて口を出しました。

「向うの行列の中にいるよ――日本橋檜物町から出た、上方見物の講中の中に、側室方の悪者が、三通の恋文を隠し持って交っているのだよ――そいつを追っかけてどんな事をしても奪い取ってくれというのが、笹野の旦那のお頼みだ」

平次は云い終って酢っぱい顔をするのでした。

「そいつはあんまり結構な役目じゃありませんね、親分」

腹の底からの町人八五郎は、大名高家の穢れた血統に対する、馬鹿馬鹿しい自負と矜持に、一種の反感をさえ持っていたのです。

「その通りだよ。江戸で巾着切でも追い廻している方が、よっぽど気がきいているが、せっかく笹野の旦那に、手をつかぬばかりに頼まれると、嫌だともいえねエ」

「――」

「それに、十五や十八の娘っ児がフラフラと書いた、カビの生えた色文を持出して、何十万石の家を横領しようというのは、あまり結構な企らみじゃねえ」

「なるほどね」

「尤も俺は幾度も断わった。が、笹野の旦那を初め、御家老と椎茸髱が押し返しての頼みだ。殿様が御国入り中で、お側室の膝を枕に好い心持になっているところへ、奥方の昔の恋文を三本も突きつけられちゃ、一も二もねえ。聴けばその側室というのは、お国許の腹の黒い側用人の娘分で、お家横領の企らみを含んだ、下っ腹に毛のねえ代物だそうだ」

「――」

「その上、もう一つ攻手があったのだよ。ひたむきに断りつづける俺の横手の襖がサッと開くと、美しい女の方が、小さい男の児を抱いて俺の方を凝っと見詰めて、畳に手を落してていねいにお辞儀をしているじゃないか。こいつは物を云わないだけに、遊ばせ言葉で達者にしゃべり捲る椎茸髱よりは薬が利いたな」

「――」

「見ると、美しい頬を濡らして、涙が流れている――畜生ッ、何うともなれ、俺はツイフラフラと胸を叩いてしまったよ。大名の家がなんだ、二三束(ぞく)叩き潰したって驚くこっちゃねえが、あんな具合に女子供を使って人情に絡(から)んで来られちゃどうもイヤとはいえねえ」

平次はこういって、淋しく笑うのです。

「親分、わかった。どこの奥方か小伜か知らねえが、銭形の親分を見込んで、それまでに道具立てをして頼んだことなら一番威勢よく引受けようじゃありませんか」

八五郎は急にいきり立ちました。

「お前もそんな気になるか、八」

「なりますとも。憚(はばか)りながら古い色文を追っかけて、五十三次を駈け上るなんざ、洒落(しゃれ)たものじゃありませんか。あっしと親分がいなきゃ、江戸の町は当分巾着切と掻っ払いの天下だ、ヘッヘッ」

「お前も飛んだのんきな奴だ」

平次の頬には又苦笑いが湧き上がります。

二

銭形平次にしては、これは全く嫌な仕事でした。品川まで跟けて行くうちに、その恋文を取上げる工夫がつけばよし、相手が無事に品川を越したら、奥方に運がないものと諦めて、そのまま顔を押し拭って帰るつもりだったのです。

だが、笹野新三郎に追っ駈けて頼まれては、そんな我儘も通りません。

「こうなれば一蓮托生だ、唐天竺までも延すとしようか、八」

「路用はふんだんにあるし、天気は上々だ。満ざら悪い旅じゃありませんね、親分」

「お前は江戸に案じてくれる女房が居ないからだよ」

「けッ、やりきれねえなア」

仲の好い親分子分は、斯うして六郷の渡しへかかったのです。

「あの行列と同じ船じゃ気が差すだろう、ひと船遅らそうか、八」

「これだけ姿を変えれば、大丈夫と思いますがね」

「姿を変えても、八五郎の好い男っ振りは隠せねえ」

「冗談でしょう」

「そのなんがい顎なんざ、海道筋へ来るとやけに目立つぜ」

「からかっちゃいけません」

八五郎は首を縮めました。平次の冗談がいつもの軽い調子になったのが、たまらなく嬉しい様子です。

「ところで親分」

「何んだい、たいそう改まって」

「その三本の恋文てえのは、どんな野郎が持っているんです」

「それがわからねえから、道中双六の賽を盲目滅法に品川から振り出したのさ——こう見や、先へ行く船は檜物町の両替屋加奈屋総右衛門の上方見物の同勢だ。主人の総右衛門に伜の房吉、娘のお梅——こいつはいい女だぜ、それに番頭に出入りの鳶の者、浪人者が二人、いずれも近所の衆だ」

「続く船は？」

「同じ町内の御用達で玉屋又三郎、娘のお組を大阪に縁付けるという目出度い旅だ。同勢は女房のお藤に、番頭の久七、それに町内の参宮の衆が六、七人」

「妙に若くて色っぽいのが揃っているじゃありませんか、あの手合いなら銘々恋文の二三十本くらいずつは用意していそうですぜ」

八五郎はまた脱線します。

「ところが曲者はたった一人だ——いや、仲間や手下があるかも知れない。ともかく、檜物町の浪宅に、御呼出しの時節を待っていた奥方の兄——有沢金之助というのを殺して、有金五百両と三本の恋文を奪い取り、あの同勢の中に紛れ込んで、江戸を脱け出したことだけは間違いないのだ」

「証拠は？」

「うんとある、逃げようのない路地の奥で真昼にやった仕事だ。路地の奥の人数は虱潰しに調べてあるし、町中に張った御用の網の目を出たのは、あの二た船の旅立ちだけだ」

平次はなおも続けました。

「それに、この三十日には、御本国で御一門重役の寄合いがあり、その席上で殿様から内々ながら御跡取りの御披露がある筈になっている。その日取前に本国に駈付けて、奥方の跡取りのお子様を叩き落すには、今から急いで行っても精いっぱいだ」

「なるほどね」

「だが、こいつは結構な仕事じゃないよ。五百両の金はともかく、三本の恋文は誰が持っているか、ちょっと見当はつかない。運よく隠し場所や持主は判っても、人の懐中や荷物を調べるのは、品の良い仕事ではあるまい」

「なるほどね」

「巾着切や胡麻の蠅呼ばわりされてからあわてて十手を見せるなんざア、どう考えても気障じゃないか」

「懐中や荷物なら宜いが、髷節、褌の三つ、笠の緒の中となると厄介だね。中には、臍の上で温める術もある」

ガラッ八は相変らず無駄を云うのです。

「おーい、乗らねえのか、船は出るぞオ」

船頭の声に脅かされて、待機していた旅人の一番最後に、平次と八五郎は船に乗りました。ちょうど二人の前に乗ったのは、二十七八の旅姿の良い年増、四方の景色に誘われるように、懐中煙草入を出して一服、隣りの人から火を貰って、薄紫の国分の煙をふんわりと棚引かせます。

彫んだような端麗な横顔、恐ろしく表情的な眼と、グミのような赤い唇がなかったら、この女はどんなに高貴に見えたことでしょう。羅宇に結んだ紫点絽の煙管袋までが、この女の卑俗さと高貴さと、わけのわからぬ趣味の交錯を強調しております。

狭い六郷は間もなく向う岸になって、船はドンと突き当りました。

「あれ――エ」

女はいきなり、よろける弾みに、八五郎の首っ玉に噛り付いたのです。

「わッ、危ねエ」

八五郎は危うく立ち直りました。熟れた果物のような、香気馥郁たる大年増を首っ玉にブラ下げて、しばらくは看板の長んがい顎が、フラリフラリと宙を泳ぎます。

「御免下さい、飛んだ粗相をいたしました」

女はようやく――実は残り惜しそうにガラッ八の首っ玉から離れると、殊勝らしく小腰を屈めるのでした。

「どういたしまして、姐さんと一緒に川へ落っこってしまえば、本望見たいなもので、ヘッ」

「あら、御冗談を――」

女は大きく、存分に表情的に手を振りました。

「さあ降りたり、降りたり、船の中はもう空っぽだぜ。所作事は本舞台で願いたいね」

船頭は大きな声でたしなめて、無遠慮な棹を岸に突っ張ります。

「見っともないよ八、船頭衆まで笑っているじゃないか」

銭形平次は岸へ上がった八五郎に、そっと囁きました。褄を直した女が、少し遅れて後からチョコチョコと追い付きます。

「飛んだお世話になりました。ツイ連れに遅れまして、気が気じゃなかったもので」

女はまだ絡み付いて来るのでした。

「姐さんの連れというのは？」

「先へ行ってしまいました。――江戸を出るともう斯うなんですもの、道中へ女一人を放り出して、どうするつもりでしょう」

怨ずる眉が心持ひそんで、美しい眼は笑っています。

「姐さんのような綺麗な人なら、いくらでも連れは出来るよ。あっしのようなものでもよかったら、京大阪へでもお供するぜ」

ガラッ八の八五郎はもう地を出してしまいました。

「あら嬉しいわねエ、京大阪なんて遠いことを云わずに、本当にその気なら、川崎か神奈川でも世帯が持てるじゃありませんか」

「ヘッ、たまらねエことを云うぜ姐さん」

二人の掛合い話は、真昼の天道様に照されて、恐れ気もなく海道筋へと発展して行きます。

銭形平次はいつの間にやら二人を見棄てて二三丁先を歩いておりました。先へ行く加奈屋と玉屋の同勢を見失いたくなかったのと、不思議な女が絡み付いて来るのは、何にか理由がなくてはならないと思ったので、しばらくその駈け引を、調子の馬鹿馬鹿しい八五郎に任せてこの先の発展を見て居ようと思ったのです。

「親方、親分――旦那、ちょいと兄さん」

「何んだ」

「何んて呼べば宜いの、お前さん？」

川崎田圃を背景に、この道行は馬鹿馬鹿しくも長閑でした。

「こちの人なんざ悪くないいね」

女の追い付くのを待って、ときどき足を淀ませると、親分平次との距離は次第に遠くなるばかり。しかし八五郎はこの上もなく幸福そうでした。

「名乗って頂戴よ、袖振り合うも何んとやら云うじゃありませんか」

女はハアハア息をきらしながら、ともすれば八五郎の肩にしな垂れかかりそうになります。

「人の名を訊くなら、自分の方から名乗るのが常法だ」

咄嗟の間に、いい加減な名を思い浮べなかった八五郎は、こんなことをいって誤魔かします。

「あら悪かったわねエ、私は檜物町の師匠——といっても、多寡が女子供に手踊りを教えている、歌という者なの——小唄のうた、歌沢のうた、歌枕のうた」

「フフフ、鼻唄のうた」

「まア何んという悪い口でしょう」

「勘弁しねえ、ツイ口が滑ったんだ」

「え、え、許して上げるわ。でも、檜物町のお歌と云えば、自慢じゃないがちっとは聞えている筈よ。ちょいと兄さん——好い女じゃなくって?」

　こんなことをツケツケと云ってのけて可愛らしく首を傾げて見せる女だったのです。

「そうか、檜物町のお歌と云うのは姐さんだったのか。本人が云うんだから間違いはねえ、全くお前さんは好い女だよ、ところで――」

「兄さんの名乗る番よ」

「神田向柳原で、ちっとも人には知られちゃいないが、俺は――と何んと云ったものかな」

「自分の名を忘れる人はないでしょう。連れの人は、八、八と呼んでいたようねエ」

「そうそう八というんだ。八兵衛――というのが俺の名さ」

「ずいぶん野暮な名ねエ」

「名前は野暮だが、本人はこの通り意気だぜ、ヘッヘッ」

「お前さんはそれでいいとして、あのお伴れは何んという名前なの？」

「うん、あれか」

「ちょいと好い男ねえ、どこの何んという人でしょう」

　女はようやく本音を吐いたのです。

「あれはお前、平、平太郎という人だよ。湯島の荒物屋の主人でね」

「まア、それにしちゃ肌合いが意気じゃありませんか」

「荒物屋だってこんにゃく屋だって意気な人は意気だよ。それにあの人は、智恵の方は手薄だが、金はうんと持っている」

「お前さんは？」

「俺はそれとあべこべで、金の方は心細いが、智恵はハチきれるほど持っているよ」

「まあ、頼母(たのも)しいわねエ」

「お言葉中だが頼母しいのは何方だえ」

「そりゃお金をうんと持っている方よ」

「ヘッ」

「ところでお前さんの商売は？　矢っ張りこんにゃく屋か何んかでしょう」

「冗談だろう、こう見えてもぐんと酒落た商売だ」

「あの辺なら古着屋でしょう」

「いや、もっと小綺麗な——」

「それじゃ鍋鋳掛(なべいかけ)、羅宇(らう)のすげ替、二八蕎麦(そば)——」

「おいおい、好い加減にしないか——今は何を隠そう俺の商売というのは」

「大道占い」

「馬鹿にしちゃいけない」

お歌の調子は如何にも滑らかに運びます。

「だって、懐中に筮竹が突っ張っているじゃありませんか」

八五郎の懐中にちょい触ると、お歌はク、ク、クと忍び笑いをするのです。

「これはお前、道中たしなみの扇だよ」

「まア、お前さん踊りもやるの、頼母しいわねエ。そんな寸法の大きい扇は、踊りでもなきゃ、使い物にならないでしょうね」

この掛合いは、完全に八五郎の負けです。

「馬鹿にしちゃいけねエ」

八五郎は併しそれを負けと意識しないほど伸んびりして居りました。

「八」

「へエ」

不意に声を掛けたのは物蔭に休んでいた平次でした。

「何をからかわれているんだ。檜物町の姐さんなら、身分を隠すだけ野暮だぜ。その長んがい顎を削るわけにも行くめえ」

「へエ」

「ね、お歌さん、あっしは平次さ、平太郎だの平兵衛だのって、イヤな名前であってたまるものか、それからこの野郎は八五郎――」

平次は我慢がなり兼ねたらしく、斯う威勢よく底を割って見せるのでした。

「まあ、ガラッ八の親分。嬉しいわねえ、八兵衛なんかでなくて本当によかったわねエ」

お歌は面白そうに笑っております。

「へッ、馬鹿にしやがらア」

いやもう八五郎の萎気まいことか。

「ところで、そんな細工までして、俺たちに近寄るきっかけを拵えたのは何ういうわけだ。気紛れや冗談では済むまいと思うが――」

平次は少し開き直りました。

「人が聴いていますよ、親分」

「え？」

「お力を借りたいと思いましたが、名乗ることも話しかけることも出来ないほど、多勢の眼と耳が私を取巻いていました。仕方がないから私は、あんな冗談にして、多勢の見る眼嗅ぐ鼻を追い散らしました。そんなことにかけては、八五郎親分は本当に結構な相方で——」

「——」

八五郎は黙ってそっぽを向きます。恐ろしくくすぐったい様子でした。

「で、頼みたいというのは？」

平次は短兵急に問い寄ります。神奈川で休んだ加奈屋と玉屋の行列が、戸塚の方へ動き出しそうにしているのが、遠目にもよく見えるのでした。

「加奈屋の同勢と一緒に来た、浪人友部源蔵——あの懐ろにある書面が欲しいのです」

「何？」

銭形平次もさすがにギョッとしました。

「その書面は私の父親の形身——よくはわかりませんが、何万両の黄金にも換え難い世にも珍らしい宝だと聴いております」

「それが」

「うっかりその書面のことを、自慢話にしたのが間違いでした。五、六日前の晩、あの人がやって来て、したたか酒に酔っていると見せかけ、私の隙を狙って神棚からもって行ったに違いありません」

「確かな証拠はないのか」

「あの人が来る前まであった品が、あの人が帰ったとき紛失していたとしましたら――」

「なるほど一と通りの理窟はあるが、それだけではお白洲の証拠にはならない」

「ですから私は、あのお嬢さんに頼んで加奈屋の上方見物の仲間に入れて貰い、無理な都合をして江戸を発って来ました。品川を出外れて、親分さん方のお顔を見た時はどんなにまア嬉しかったでしょう」

お歌は地味な事務的な調子になって、一生懸命平次に縋るのでした。

「その書面には一体どんな事が書いてあるのだ。もう少し詳しく話してはくれまいか」

平次は足をとめて静かに問いました。

「申し上げましょう」

お歌は四方を見廻します。

「八」

「ヘエ」

斯う云っただけで八五郎は、心得て見張りの部署につきます。

平次とお歌とは心持街道を避けて、杉並木の土手の蔭に、秋草を敷いてともかくも座を作りました。

「驚いてはいけませんよ、親分――私は八王子三万石の城主で、日本六十余州金山の司、大久保石見守の子孫に当ると云ったらどうでしょう?」

「――」

銭形平次も、これには少しばかり度胆を抜かれました。綺麗で才気走っておりますが、多寡が娘子供に手踊りを教えて、細々と世過ぎをしているこの女が、そんな素姓を包むとは誰が想像するものでしょう。

大久保石見守長安というのは、もとは能役者金春大蔵と云った男ですが、フトした事から徳川家康に抜擢され、六十余州の金山の司となって腕を揮い、一時は徳川家康の軍費を賄ったことなどもあり、八王子で三万石の城主とまで出世しましたが、石見守の歿後、生前賄賂を納め、豪奢を極めたというアヤフヤな罪状をあげて取潰され、その長子藤十郎以下一族郎党ことごとく処刑されてしまったのは大分昔のことでした。

それが徳川幕府の、大名取潰し政策の一つの犠牲であったことは云うまでもありませんが、一つは大久保石見守が秘かに貯えていると云われた、夥しい財宝を没収して、徳川幕府の費用に充てようという、幕府一流の妖悪な目論見でもあったのです。

ところが、いよいよ大久保家を取潰して八王子城の地下室まで捜って見ましたが、あるべき筈の七万両の大金がなかったばかりでなく、大した財宝の貯えも見当らず、その代り天主教の伝書と、異国交通の文書があったのは皮肉です。尤もこれは大久保家を取潰した云い訳に、幕府側の捏っち上げた嘘かもわからず、ともかくも大久保石見守長安というのは、解くことの出来ない幾多の謎を残した怪人物ではあったのでした。

「その七万両という金は、何処へ行ったでしょう、親分」

お歌の話はひどく頁面目になりました。

「七万両の金は七人の子供に頒けてやる筈で、遺言状まで書いてあったのですから、これは確かに有ったに相違ありません」

「――」

話の大きいのと、妙に筋道の立ってるのに引入れられて、銭形平次も黙ってしまいました。物見の八五郎はこの怪奇な話に耳を立てながら、さり気ない様子で四方をキョロキョロやって居ります。

「その大久保石見守が、さいしょ小田原の大久保様に身を寄せ、ここで伊豆一円の金山を開いたのが仕事の手始めでした。それがうまく行って、大御所様（家康）の御覚えも目出度くなり、能役者金春大蔵が、大久保石見守と尤もらしい名前になったのです」

「フーム」

ずいぶん古い話ですが、平次もそんな事は薄々知らないではありません。

「それほど諸方からチヤホヤされたんですから、大久保石見守が伊豆でどれほどの金を掘り出したかわかるでしょう。その中からほんの――少々七万両の金を取除いて、石見守の子孫のために、箱根か伊豆のどこかに隠して置いたところで、不思議はないと思いませんか。その頃の石見守は唯の山師で、公儀の役人でも何んでもなかったのですから、七万両だって自分の儲と云ってしまえばそれまでのことです」

「――」

「大久保家を取潰した後で、公儀のお役人は八王子の屋敷跡ばかり捜しましたが、大久保石見守ほどの智恵者が、公儀から睨まれていると知って、自分の巣の中へそんな大金を隠して置くでしょうか」

平次は相変らず黙りこくって居りますが、お歌はそれに構わず、キビキビしたテンポと論理で、自分の話を進めて行きます。

「八五郎親分、これからは大事の話よ、誰も聴いちゃいません？」

お歌は松の蔭から乗出すように、フラリと街道に立っているガラッ八に声を掛けました。

「誰も聴いちゃいねえよ、旅人は泊りを急いで振り向いても見ないし、不景気な親爺が一人、糸たてを着て下手な浄瑠璃（じょうるり）を唸りながら通ったが、あれはまさか七万両とは縁があるめえ――」

「あッ、その親爺だって油断がなるものか。気をつけて下さいよ」

「大丈夫さ。もう五、六丁先へ行ったよ」

「そうかえ」

お歌はそう云いながら話を続けました。

「七万両の大金――それは多分、海鼠（なまこ）や伸（のべ）や砂金だろうと思いますが、貫々にして二百五六十貫の宝が、伊豆の何処かに隠していなかったら、私は反って不思議と思います」

「――」

「手っ取早く云ってしまえば、その七万両の大金の隠し場所を書いた書面が、子孫の私に伝わったのです」

お歌の話はいよいよ奇怪ですが、その現実性は次第に加わります。

「――実は百年経たなければ、取出せないことになっております。私の父親も正直にそれを守り通して、七万両の夢を見ながら、貧乏して死んでしまいました。でも私は、そんな痩我慢はしたくありません。せっかく祖先が遺した七万両を――女ながらこの私の手で捜し当てて、半分は貧乏人にバラ撒いても、費いきれないほど残るじゃありませんか」

「――」

「隠して独り占にしようと思うから魔がさすんで、大ぴらに掘り出してバラ撒く気なら、この世に怖いものなんかありゃしません。ね、親分。そう云ったものじゃありませんか」

この女は妖しさにも艶やかさにも似ず、大胆不敵なことを云います。

「小気味の良い話だが――その絵図面か何んかを、友部とかいう浪人者に盗られたというのだな」

平次はようやく口を容れました。

「その通りですよ、あの欲の深い浪人者なんかの手に入っちゃ、七万両が七両の値打もありゃしません。同じことなら大久保石見守の子孫のこの私の手で、思う存分バラ撒いて見たいじゃありませんか。ね、八兵衛兄さん、お前さんもそう思わない？」

お歌は少し離れて四方(あたり)を見張っている八五郎にまで呼びかけました。

「八兵衛はイヤだが、その心掛けは気に入ったよ。七万両の金が手に入ったら、頼むから俺に大福餅の暴れ喰いをさせてくれ」

八五郎は相変らずこんな事を云うのです。

「馬鹿だなア、だが、八の野郎は大福餅の暴れ喰いを、三年越しの大願にしているんだ。色気のねえ野郎じゃないか」

「まア――でも色気の方だって、満更じゃありませんよ。先刻私が首っ玉へ噛り付いた時の手答えじゃ」

「勝手にしやがれ、こんどは鼻の頭を嘗(な)めてやるから」

「ホ、ホ、ホ、ホ」

明るい笑声が、秋の野面にパッと響き渡ります。

「親分、あの女の方が面白そうですね」

銭形平次に云うだけのことを云って、加奈屋一行の後を追うお歌――その後ろ姿の妙に弾(はず)んだような、その癖存分に色っぽいのを指さしながら、ガラッ八の八五郎は云うのです。

「何が」

平次はまだ何にか考えている様子で気の乗らない返事です。

「三本の色文を追っかけるより、七万両の宝捜しの方が、張合いがあるじゃありませんか」

「何んだと?」

「他人(たにん)の色文なんざ、節を付けて読んだって、阿呆駄羅経(あほだらきよう)ほども面白かありませんよ。そこへ行くと七万両の金は、七百両の百倍で、七両の万倍――七百文のさて何倍になるか」

「馬鹿野郎」

「ヘエ――」

ガラッ八はとうとう一喝を喰わされてしまいました。平次に取っては最も親愛の情を籠めた一喝で、ガラッ八に取っては雨明けの雷鳴のような痛快なやつです。

「あの女の云うことなんか、当てになるものか」

「でも筋が通っているじゃありませんか」

「筋が通っているだけに怪しいよ。十手捕縄を預っている御用聞の耳へ、大久保石見守の隠し金のことを、わざわざ聴かせる馬鹿があるものか――俺はあの筋を拵えた作者の面が見度え」

「ヘエ――、こいつは驚いたね。あれが嘘ですかね、ヘエ――」

「お前の首っ玉に噛りついた時から、俺はあの女を臭いと思っていたよ。それにしても大した筋だ、あれだけでっち上げるのは容易の作者じゃあるめえ」

「ヘエ――」

八五郎は呆気に取られているばかりです。

「ところで、今夜は戸塚泊りだろう。加奈屋と玉屋の同勢は、何処へ何う泊るか、一と足先へ行って見窮めてくれ。何うせ顔を知られたにしても、十手の突っ張った懐中じゃ、明るいうちからは旅籠も取りにくい」

「それじゃ、一と走り」

ガラッ八は心得て立上がりました。

「うっかり、帳場に十手なぞ見せるんじゃないよ」

「心得てますよ、江戸で指折りの大町人と云った顔で、宿を取りゃ宜いんでしょう」

「宜い心掛けだ。胡麻の蝿と間違えられないようにしろ」

平次は八五郎の取澄ました後ろ姿を、面白そうに見送っております。

四

今晩から開始される激しい争――三通の恋文を繞っての、死の闘争の舞台に、何んな用意をして臨んだものか。銭形平次は急がぬ道を歩きながら、頻りに構想を練っておりました。

程ガ谷より戸塚へ二里九丁、秋の陽はすっかり傾いて、泊りを急ぐ旅人の足も次第にせわしく、海道筋の賑わいは一段と加わりますが、無意識に足を運ぶ平次の心は、反って深夜の道を往くように沈潜するのです。

「これ、町人」

焼き付くような激しい声を感じて、平次はハッと顔を挙げました。

「――」

目の前に立ちはだかって、カッと眼を剝いているのは、その図太い作り声や苦渋な表情にも似ぬ、華奢で蒼白い美男の浪人者です。

こんなのが何うかすると、飛んだ凄いことをする奴だ――長いあいだの経験で、平次はフトそんな事を考えました。

大きいが少し血走った眼、心持延びかけた月代、すぐれた長身、薄い唇、それをちょいちょい嘗めるのは、陽のあるうちから酒を喰っているのかも知れません。

見ように依っては、素姓の良さと、教養の高さとを思わせる若い武家ですが、それが剝げちょろの蝋塗鞘を少し閂に、女物を仕立直したような派手な襦袢が、七つ下がりの黒羽二重の袷の下から覗いて、裏金の緩んだ雪駄を突っかけた素足、何う見ても旅をゆく姿ではありません。

「やい、町人」

若い浪人はもういちど声を張りました。

「ヘエ」

平次は旅の町人になり済して、形ばかりの両掛けを揺り上げます。

「其方はたった今、拙者の腰の物に触ったぞ――何んか因縁があっての仕業か」

「ヘエ――」

平次はキョトンとしました。こいつはまさに柄のないところへ柄をすげて、旅人に絡み付いてくる道中の強請です。が、それにしては何んという素人臭い啖呵でしょう。

「不都合な奴だ、拙者に恥辱を与える気だろう」

「飛んでもない、御武家様」

平次は相手の態度や身振りを観察しながら、落着き払って応じました。

「さア、その理由を云えッ、次第によっては、真二つにしてくれる」

若い浪人は、自分の怒りを無理にでも掻き立てるように、眉を張り、唇をなめるのです。

「飛んでもない。唯すれ違ったばかりですよ、旦那」

「いや、拙者の腰の物に触ったぞ。ぐんと手応えがあったぞ、無礼な奴だ」

「そいつは云いがかりと云うものだ、ここは天下の往来ですぜ。よしんば触ったところで、粗相はお互様じゃございませんか」

　平次は相手が少し甘いと見たか、嵩にかかって盛り返しました。

「ヤッ、無礼な奴、武士に向ってお互様とは何んという云い草だ」

「それに見れば禿ちょろのお腰の物だ、うっかり触ったら棘を刺すじゃありませんか。ね、御浪人」

「汝れッ」

　浪人はサッと顔色を変えました。こんどは本当に怒った様子で、閂にさした一刀の柄を丁と叩きました。

「脅かしっこなしに願いましょう。酒手が欲しきゃ欲しいと、素直に仰じゃれば、身分相応の奉加につきますよ。いきなり人切庖丁なんかひねくり廻されちゃ、町人は胆をつぶすじゃありませんか」

「ブ、無礼ッ」

　平次の調子に五分も隙がなかったので、若い浪人はさすがに一刀を抜き兼ねた様子です。江戸開府以来といわれた捕物の名人で、小太刀の一と手も心得ている平次が、投げ銭という特技がなくとも、こんな『人格の破産者』を恐れる筈もなく、相手がまだ素人臭いと見ると、遠慮会釈もなくまくし立てたのです。

「無礼が聴いて呆れるぜ――が小言もいうべし、酒も買うべしだ。因縁賃に少しばかり呑代を奮みましょう。たんとはないぜ、御武家」

「――」

眼を白黒にして、激怒と屈辱に顫えて居る浪人者の前へ、平次は小出しの財布から一と摑み。

「お武家、お手を拝借しようか、チュウ、チュウ、タコカイの二朱。と二百四十文――これだけありゃ一と晩や二た晩のお湿りには事欠くめえ」

「――」

「おや、お前さんは大そうはにかむんだね、遠慮にゃ及ばねえってことよ。憚りながら胴巻には、小判というお宝をうんと持っているんだ――おや、おや」

「汝れ、言わして置けば」

浪人は腰を捻ると、二三寸鯉口をきりました。

平次の痛罵に逆上して、斬って来るかと思った浪人は、

「――」

しばらく平次の様子を見て居りましたが、その自若たる顔色や、無造作なうちに、毛程の隙もない構えを見ると、

「許し難い奴じゃ、よくこの顔を覚えて置け」

抜きかけた一刀を、鍔鳴りのするほど勢いよく鞘に納めて、何んの蟠まりもなく、クルリと踵を返すのです。

「お武家」

今度は平次の方から呼び止めました。

「?」

振り返った顔へ叩きつけるように、

「誰に頼まれなすった、――それともお前さんの思い付きか」

「馬鹿奴ッ」

浪人は噛んで吐き出すように云うと、振り向きもせずに、戸塚の方へ立去るのです。

泊りを急ぐ旅人は、幾人かこのいヽさヽつを立って見ておりますが、いつ真物の争いに

なるかもわからない形勢に脅えたものか、敢て近づくものもありません。海道の杉並木は雀色にたそがれて、遙か戸塚の方だけは、残る夕映の中に駅路の賑いらしい華やかなたたずまいです。

——こいつは油断がならぬ——

平次はそんな事を考えながら、土手の上にもういちど腰をおろしました。まだ八五郎は帰って来ません。煙草を二三服、聴くともなく鳴き始めた虫の音に耳を澄していると、

「ヘエ、今晩は」

いきなり前に立止って、心安そうに挨拶をした老爺があります。夕明りに透して見ると、五十前後の着実そうな仁体で糸たての下から見える旅の装いの——遠州縞らしい鄙びた袷に、浅黄色の膝の抜けた股引も不思議に人の気を和ませます。

「今晩は」

平次は何んの気もなく挨拶を返しました。

「宿をお取りでござえますかね、親方」

ひどい相模なまりも、土地の者らしい親しみを覚えさせます。

「ああ、戸塚で泊ろうと思うよ」

「そんなら、中村屋が宜うごぜえますだよ。旅籠賃が安くて、食物がよくて、それに女の子が綺麗でね、ヘッヘッヘッ」

笑う語尾が少し気になります。老爺はそんな無駄を云いながら、田舎の人らしい呑気さで平次の前へ踞み込んでしまいました。

しばらく途ぎれた人足、海道筋もまさに逢魔ガ時です。

「そうかなア」

「親方の前だが、中村屋のお勢というのが東海道五十三次の宿場宿場にも、並ぶ者のねえといううきりょうよしでな――」

この老爺は、銭形平次の前に踞んだまま飯盛女の品定めを始めるのでした。

「ありがとう。旅籠なんか何処でも構わないようなものだが、同じことなら親切でうまい物を喰わせる家が良いなア」

「そうでごぜえますとも――ところで親方、煙草の火をちょっくら願います。火口が湿ってもう半日も煙草を呑まねえが、こいつばかりは我慢のならねえ奴でね」

太く逞ましき煙管へ、匂いの良い煙草を詰めて、老爺は平次のくわえ煙草の火皿へ自分の火皿を持って来ます。

「さアさアどうぞ」

二人の煙管の火皿と火皿の合った刹那、

「あッ」

真に電光石火と形容される早業でした。老爺の煙管の雁首が、ズイと伸びて平次の眼玉へズブリと来たのです。

並大抵の者だったら、間違いもなく左の眼玉をやられたことでしょうが、銭形平次はさすがに非凡の良い勘を持っておりました。

僅かに顔を反けると、相手の煙管は頬をかすって、耳の方へ流れるのを、平次は何んの業も加えず、身を開いて黙って見ております。

「これは飛んだ粗相――石に躓いてな。いやはや、年を取ると他愛がない」

老爺は立ち直って、そんな照れ隠しを云っているのです。

「気をつけるが宜いぜ爺さん、俺がその気になれば、お前の左の眼もやられていたんだぜ。眇目を二人拵えても、大した手柄にゃなるめえ」

「ヘエ、ヘエ、では御免下さい」

老爺は空とぼけたまま、そそくさと煙草入を仕舞い込むと、程ガ谷の方へ引返して行くのでした。

もう一度平次は――こいつは油断がならぬわい――と思いました。此方から仕掛ける前に、敵は早くも二度三度までも仕掛けて来るようでは、この争いは明かに此方の立ち遅れです。

煙管を仕舞って立上がると、

「親分、遅くなりました。待たせたでしょう、いやもう」

相の手たくさんにガラッ八の八五郎が夕闇の中から飛んで来ました。

「静かにしてくれ、八。お前は鳴物が多過ぎるよ――この辺は木にも草にも油断がならねえ」

「何か変ったことがありましたか親分」

「大ありだよ、いきなり鞘当(さやあて)をしたと因縁をつけて来た浪人者と、煙草の火を貰うと見せて、俺の眼へ煙管のガン首を突っ込んで来た老爺があったよ」

「ヘエ――」

八五郎はキョトンとしました。

「強請(ゆす)りにしちゃ金を欲しがらないから、いずれ因縁をつけて、俺に喧嘩を吹っかけ、足腰の立たねえようにして、旅をあきらめさせる手段だったろう。それにしちゃ人柄な侍で、ポンポン言ってやると、尻尾をまいて極り悪そうに逃げ出したよ」

「ヘエ――」

「もう一人の老爺には、危なく眼をやられるところよ。身扮(みなり)にしちゃ煙草が良過ぎたし、相模言葉の百姓老爺の拵(こしら)えだが、手が綺麗なのでハッと思ったよ。内々気をつけていると、いきなり煙管がズイと伸びた」

「危ないね」

「だから気をつけるが宜い。二度あることは三度だ、相手は容易ならぬ曲者だということを、忘れちゃならねえ」

平次は自分へ言い聴かせるように、斯うしみじみ言うのでした。

「ところで、あっしの方はね親分」

「どうした」

「あの女は矢っ張り中村屋へ泊りましたよ」

「誰もあの女のことなんか訊いてはしない。加奈屋と玉屋の同勢は何処へ入った」

「ヘッ、それがその、あの女と一つ穴で」

「中村屋へ入ったというのか」

「ヘエ」

「それじゃ此方も動き出そうか、――今夜は何が始まるかわからないよ。あの様子では二段、三段の備(そな)えがあるに違いない」

「ヘッ、ぞくぞくしますね、武者顫いってやつで――」

近々と中村屋の行燈(あんどん)――店先に出した灯を望みながら、ガラッ八は首を縮めるのです。

「お前のは貧乏顫いだよ」

「胴顫いでなくて幸せで」

虎狼(ころう)の顎(あご)に臨(のぞ)みながら、まだ斯んな事を云う二人でした。

「御免よ」

「ヘエ――」

その時もう平次は、店先から、帳場にいる番頭に声を掛けておりました。

「二人だ、宿を頼むぜ」

平次はもう店先へ腰をおろしておりました。

「お生憎さまですが、座敷が一パイでへエ——」

番頭は揉手をしながら、二人を見比(みくら)べております。

戸塚の夜

一

戸塚の中村屋治兵衛――古くて信用のある宿屋ですが、それだけに一克(こく)で堅いところがあります。

「お気の毒様でございます。何か講中の方が三つ、それに御大名行列のお先触れが入りましたので、どの座敷も一パイで、へエ」

「そんな事を云わずに、何んとか都合をしてくれ。戸塚は中村屋と、親の代からきめているんだ」

「有難うございますが――何分その――」

「講中が三つに大名行列の御先触れだろう、そいつは解っているよ。何処かの隅へもぐり込めるだろう、行燈部屋へ放り込まれたって文句なんか云うものか――この野郎なんざ、自慢じゃねえが行燈部屋には馴れっこで」

平次はそう云いながら、懐中の十手をまさぐるガラッ八に目配せをしながら一生懸命説き立てるのです。

「そう仰しゃって下さるのは有難うございますが、何分その行燈部屋も一杯で、ヘエ」

「行燈部屋を惣仕舞いにしやしめえし、行燈部屋が一パイとは何んて云い草だ」

八五郎はツイいきり立ちます。誰やらが番頭の背後から糸を引いて、二人に木戸を突いているのがよくわかるのでした。その証拠には、土間には草鞋（わらじ）も盥（たらい）もなく、女中たちが三人五人、暇そうな顔をして、この掛合いを眺めているのです。

「ちょいと番頭さん」

平次と夢中になってやり合っている番頭の後ろから、そっとその肩のあたりへさわった者があります。

「ヘッヘッ、何んか御用で——御客様」

振り返ると暖簾（のれん）を肩でわけて、嫣然（えんぜん）と立っているのは、檜物町の女師匠、お歌の艶やかな姿ではありませんか。

「あんなに仰しゃるんだもの、泊めて上げたら何う？」

「ヘエ、その、その、お部屋が」

「お部屋なら上段の間が空いて居るじゃないの、それ、奥の書院作りの——」

「あれはお大名方のお泊りになるところで」

「そのお二人だって、お大名がやつしているのかも知れないじゃないの、フ、フ、フ」

お歌は面白そうに含み笑いをするのです。

「飛んでもない、お客様」

「だから泊めてお上げなさいよ。どうしても部屋がなきゃ、私の部屋でも宜いじゃありませんか。その面長（おもなが）の方は、向柳原の八兵衛さんというコンニャク屋さ、私の情夫（いろ）よ、フ、フ、フ、フ」

こんなことを云って笑っているお歌です。

お歌の言葉添えをしおに、平次と八五郎はともかくも中へ通されました。お歌は加奈屋の娘お梅と一緒だったので、さすがに其処へ通すわけにも行かず、番頭は何やら一人で呑込んだことを云って、二人を便所の前階段の下の、恐ろしく陰気臭い長四畳に案内してくれました。

「大変な上段の間だね、親分」

四方を見廻しながら、ガラッ八は贅沢をいっております。

「文句をいうな、これでも女臭い部屋よりは増しだと思え」

「ヘッ、有難い仕合せで」

まだこの男は、お歌と同じ部屋に泊れなかったことを口惜しがっているのでしょう。

「ところで、こうなると一刻の無駄もできない。箱根を越す前——出来れば今晩にも三本の恋文を持っている奴を見付けて、何んとかしてそいつを取り返さなきゃならないが——」

「体の宜い胡麻の蠅だね、親分」

「奪った物を奪り還すのだよ、多勢の人の命に拘わることだ——悪人の悪企みを取ひしぐためだ——天下静謐のため——と笹野の旦那が仰しゃったよ」

「どんなことをやっても構いませんね、親分」

「泥棒するわけじゃない、大概のことは勘弁されるだろうよ」

平次もそこまで突き詰めているのです。

「それじゃ、ヘッヘッ、ヘッヘッ」

「何を笑やがる——嫌な野郎だな」

「ヘッ、可笑しいわけじゃありませんが、斯うひとりで笑いがコミ上げるんで、ヘッヘッ」

「馬鹿だなア」

「親分とあっしと別々に働いて、手柄競べはどんなものでしょう」

「何？　手柄競べ？」

「ヘエ、何方が先に三本の色文を手に入れるか――七万両の絵図面でも構やしません。とにかく、あっしはあっし、親分は親分で探って見ようと、斯ういうわけで」

八五郎は恐ろしく不遜なことを云い出しました。

「フーム、面白いな」

いつもの平次なら一喝の下に退けもするでしょうが、大した反対もせず、妙に考え込んでおります。先刻八五郎が便所へ立ったとき、廊下で待構えていたらしい女の声――それが親分平次の面を冒して、八五郎に斯んな大胆不敵なことを云わせたのでしょう。

夕飯が済んで一と休みすると、平次は長閑に煙草を喫いながら、肥った下女を相手に一とくさり無駄を云っておりました。

「お前はお勢というんだろう」

「あら、違いますよ、親方」

「東海道五十三次の宿場宿場にも、お勢ほどのきりょうはあるまいという評判は聴いたが、なるほどそう云われるだけのことはあるぜ」

「冗談でしょう、お勢さんはこんなお多福なものですか」

「お前より綺麗なのが此処にいるのかい、ヘエ――嘘（うそ）じゃあるまいね」

平次はそんな事を云いながら、南鐐（なんりょう）を一つ鼻紙に捻（ひね）って、女の袖の下に滑らせます。

「あら、そんなに親方――済みませんねエ」

女はすっかり面喰ってしまいました。心付けと云ったところで、せいぜい二十文か三十文、百文と纏まるのは月に幾度もない上客で、南鐐などを握らせる客は、まず特別な下心のある客でなければなりません。

自分をお勢さんと間違えたのではないかしら――女は本当にそんな事を考えていたのです。そのくせ一日に幾度となく鏡は見ているのですが、ツイ、こんな調子になると、鼻の低いのも、口のでっかいのも忘れて、柄にない品などを作って見せるのでした。

「まア、落着いて話して行くが宜い。俺はこう見えても飛んだ淋しがり屋さ」

「でも」

「忙しいというほど客はあるまい――部屋が皆んな塞がっているって番頭は云ったが、見れば階下も二階もガラ空きじゃないか」

「あれは二階の御武家が、番頭へ入智恵をしたんですよ――あの二人連れは、質のよくない人間だから――怒らないで下さい、私はお武家の云った通りを話しているんですから」

「フム、フム、それから何うした」

「お武家がそう云って、番頭さんに断らせたんです。お気の毒ねエ、悪い人か善い人か、人相でも判るでしょうが」

「へエ――俺は善い人に見えるかい、そいつは有難いね――ところで、俺はちょいと出鱈目に云って見たんだが、二階も階下も本当にガラ空きかえ」

「まア」

「驚かなくたって宜いよ――二階にどんな人が泊っているんだ」

「加奈屋さんの人達ですよ。御主人と若旦那とが一つの部屋、番頭さんと出入りの親分が一つ部屋、お嬢さんとそれからあの綺麗なお師匠さんが一つ部屋」

女の厚い唇は次第にほぐれて行きます。

「それからまだ檜物町の玉屋の人達がいるだろう」

「それは階下の二た間で、ツイ其処ですよ。お嬢さんは綺麗な方で」

「俺へケチをつけたお武家は？」

「——」

下女は急に黙ってしまいました。

「大丈夫さ、部屋を教えたって喧嘩を売りに行くわけじゃないよ。相手は怖い二本差だもの」

「二階の階子段の側、六畳にお二人泊ってますよ」

「へエ——、どんな面だい、その二本差は？」

「大きいのと小さいの、怖いのと優しいの、年を取ったのと若いのと——」

「フ、フ、面白い取合せだね、名前は？」

「大きくて怖くて年を取ったのは友部さんとか云うようで、小さくて優しくて若い方は鈴木さん」

「畜生ッ、お安くないぜ。その優しくて若い方の名前を云ったとき、お前の眼はトロト口と細くなったぜ」

「あら、親方、からかっちゃもう嫌」

「あっ、あやまった——勘弁しねえ、このままお前に帰られると、俺は寝つかれないよ。可愛いい女の子を怒らせると、きっと、うなされるんだ。悪い癖でね」

平次はこんな調子で下女の口を際限もなく開かせるのです。

「もう宜いんでしょう。私に用事はないんでしょう」

「まま待ってくれ、これから本式に口説(くど)くんだ——近所に人が居ちゃ拙(まず)いな。隣りの部屋でとぐろを巻いているのは誰だえ」

「ちょいと好い男の御浪人よ」

「五分月代(さかやき)の——羽二重の紋付——少し羊羹色(ようかんいろ)になった——背の高い、蒼白い顔をした」

「え、その通りよ」

「何をしているんだ」

「お酒も飲まず、御飯をさっさと食べて腕組なんかして考えていますよ」

「誰かと話をしないか」

「先刻——廊下の隅で、友部とかいう二階の御浪人と話していました」

「その階下の浪人者の名は？」

「秋月——とか云ったようです」

「フーム」

平次はまた考え込みました。

「もう宜いでしょう。帳場で呼んでいるようですから」

「待ってくれ、もう一つ訊きたいことがある——今晩の客のうちで風呂に入らない人がある筈だ、そいつは誰と誰だ」

二

風呂に入らない者は誰と誰——それはことに不思議な問いでした。が、一日の汗と埃を洗い流すのを、何よりの楽しみにしている筈の旅人が、風呂に入らないというには何にか仔細がなくては叶いません。
「御浪人の友部様は、お酒を過して、これから風呂に入るのも何うかと考えて居らっしゃるようです。それから、お隣りの秋月さんという御浪人は、風邪を引いているからと云ってお湯へ入らず——そんなものでした」

「ありがとう、世の中には湯を嫌いな者も、十人に一人はあるわけだな——ところで」

「まだ何んか御用で？」

「掘っ立て尻になって挨拶するのは愛嬌がないなア。好い女はそんなに愛想っ気のないものかなア」

「あら、親方——でも本当に忙しいんですもの、何時までも斯うしちゃ居られませんよ」

「よし、よし、もう諦めて帰してやろうがもう一つ、お前の名は何んというんだ」

「おてくって云うのよ」

「おてくか、ウフッ、良い名だなア」

「笑っちゃ嫌ですよ——だから私、名前は教えないことにしてあるんです」

「笑やしないよ、愛嬌は俺の生れつきだ——ところで、生れはどこだ」

「もうたくさん」

下女のおてくは部屋の外へ飛び出しました、と同時に、風呂場の方から、凄まじい叱咤の声が聞えて来たのです。

「汝れッ、真っ二つにしてくれよう、それへ直れッ」

障子がピリピリするほどの大声、相手は何やらクドクド云っているようですが幾間か距たっているので、それまでは聴えません。

平次は何やら気がさしました。先刻から姿を見せない八五郎が、手柄競べか何にかのつもりで、変なことを仕出かさないとは限らなかったのです。

部屋からそっと滑り出した平次は、声のする風呂場の方へ行って見ました。階上からも階下からも、この騒ぎを聴いてドッと寄せた人数が、風呂場の入口へ人垣を作ります。

「不都合な奴だ。先刻から二階の廊下をウロウロしているから、素知らぬ顔をして気を付けていると、こんどは風呂場へ入って何やら人の衣類を捜しているではないか――番頭を呼べ、いや主人を呼べ、主人を」

威猛高になっているのは中年の武士、大きく荒々しく、ヌケヌケとしている様子は、たぶん友部源蔵というのでしょう。

その威猛高の武士の前に、引据えられた恰好になっているのは、何んと我がガラッ八の八五郎ではありませんか。

「何者だッ、名を云えッ。身許を聴いた上で、骨は国許へ届けてやる。安心して生国と名前を云えッ」

大きな武家は一刀を捻くり廻しながら、嵩に掛って八五郎を叱咤するのでした。

「覗いたわけじゃございません。風呂場に忘れ物をして、ちょいと捜しに来ただけで――」

「黙れッ」

「へエ――」

まさに戸塚中にひびき渡る大音声です。

「自分の忘れ物を捜す奴が、人の姿を見るとあわてて衝立の蔭に隠れるかッ」

「――」

さすがの八五郎も、全く一言もない姿です。

「其方は旅の胡麻の蝿だろう。板の間稼ぎ、枕さがしの小泥棒に違いあるまい。上役人に引渡すのも面倒、この場で一刀両断にしてやる。幸いに湯罐も手近なところに用意してあるのだぞ、それへ直れ」

「――」

いやもう散々の体です。

「お武家様、御立腹は御尤ですが、手前どもにしては、どちら様もお客様でございます。ここで荒立てては、暖簾にも拘わることですから、この始末はどうぞ手前どもに御任せ下さいますよう、へエ」

番頭は見兼ねた様子で割って入りました。夕刻平次とガラッ八の泊るのを拒めと云った浪人者の方にも、何か衣類を捜されるだけの仔細があることと睨んだのでしょう。

「ならぬ」

「へエ――」

「余のことと違って、その扱いはならぬぞ。武士たるものが、入浴中に懐中物を嗅ぎ廻されて、それで済むと思うか」

「へエ――」

「それへ直れ、妨げが入ると面倒だ」

友部源蔵という浪人は、少し調子に乗った形で、ガラッ八の襟髪へ手を掛けました。

懐ろには十手、袂には捕縄がとぐろを巻いております。これを見せさえすれば、泥棒の汚名は免れるでしょうが、その代りもっと面倒なことが起るかも知れず、八五郎はこの屈辱の中に、ジッと唇を噛みました。

「まア、何んて騒々しいんだろう」

不意に叩き付けるような嬌声、同時に鼻先の板戸が一尺ばかり開いて、湯上がりらしい師匠のお歌が、浴衣を引っかけた恰好のまま、美しく逆上せた顔を見せたのです。

「お歌か」

友部源蔵は苦い顔をしました。この強かな浪人者も、女師匠お歌には弱い尻を押えられているのでしょう。

「お歌か――は御挨拶ねエ、これでも友部さんの御師匠じゃありませんか。十日でも半月でも、私に手を取られて、案山子に魔がさしたような手振りで踊った覚えはないとは云えないでしょう」

「――」

「三尺去って師匠の影法師を踏まずってね。フ、フ、フ、フ、こう見えても飛んだ学者でしょう――お弟子はもう少し慎しんでいるものよ」

「ば、馬鹿な」

この女の虹のような啖呵には全く敵し難いものがあります。

「それに、その人は私のいい人よ——こんにゃく屋の八兵衛さん——先刻もお引合せしたでしょう。見てくれは少し悪いけれど、そりゃ実があって良い人、フ、フ」

「——」

またも怪しい含み笑いが、大の男の友部源蔵をたじたじとさせます。

「私の後から跟いてきて、風呂から上がるのを待っていたのさ。ねえ八兵衛さん——飛んだ心中男ねえ」

「——」

「女の長湯にしびれをきらして、滅法野暮なお武家の装束を、ちょいと摘んで見る気になったんでしょう——そうじゃありません」

「そ、その通りだよ、お歌さん」

ガラッ八はようやく活路を見出しました。いやこの女に活路を見付けて貰ったと云った方が宜いのかもわかりません。

「ね、友部さん、この上粘っていると却って引っ込みがつかなくなりゃしません？　御器量の良いうちに、黙って引揚げなさいましよ、ね、ね」

浴衣を引っかけたきり、細帯一つしないしどけない姿で、お歌は友部源蔵の肩をポンと叩くのでした。

「よしよし、それほどに云うなら、この場はお前に預けよう。が、重ねて変なことをすると、唯は置かぬぞ」

女の柔かい肩越しに、八五郎を睨め廻した友部源蔵は、そのまま足音荒く立去るのでした。その後ろ姿を見送って、

「ちょいと、敵役に出来てるわねえ——でも八親分もあんまり良い器量じゃありませんよ。さア引揚げましょうよ」

人が来ていなかったら、この女は八五郎の手を取ったかもわかりません。

三

平次は、その騒ぎを利用して、別な活動を開始しておりました。

初めは風呂場も覗いて見ましたが、友部源蔵という武家が、声の大きい割に意気込みが激しくないのと、歪(ゆが)んだ唇に、ほのかな冷笑の浮んでいるのを見て取ると、こいつは

大したことになるまいと鑑定して、すぐさま二階へ忍び込んだのです。

幸い若くて好奇な人間は、一人残らず風呂場へ行って、平次が大した用心するでもなく、ブラリブラリと二階の部屋部屋を覗いて歩くのを、とがめる程の人間もいなかったのです。

二階の取っ付きの六畳、友部源蔵ともう一人、鈴木春策という浪人者の部屋は、障子を締めきったまま寂として静まり返っておりますが、側へ寄ると、何んとなく邪気が満ちていて、容易に近づけそうもありません。

幸い建て付けが悪いので、中からは灯が漏れております。

「ヘエ——何んか御用はございませんか、お火鉢のお火は如何様で」

平次はツイ斯んなことを云ってしまいました。

「——」

障子の中は寂として、しばらく何んの応えもなく、外に立って返事を待っている、平次の方がジリジリして来ます。

「お返事がなければ、ちょいとお火鉢と行燈を見さして頂きます」

行燈に油を差して歩くのは、宵の中にあるべき事ではないのですが、平次はそんな間に合せの用事を拵えて、そろりそろりと障子を開けました。

「えッ」

恐ろしい気合です。ヒョイと首をすくめた平次の鬢節をかすめて、後ろの柱にズブリと立ったのは、真鍮(しんちゅう)磨(みが)きの逞(たくま)しい火箸。

「馬鹿奴ッ、突ッ立って御用を聴く奴があるかッ、何者だ其方は」

静かではあるが、恐ろしい見幕です。見ると三十二三の青白い武家、身体も小さく、年も若く、腕っ節も大したことはなさそうですが、障子の外の平次を番頭の偽者と見破って、咄嗟のあいだに火箸を叩き付けたのはその手際よりも無法さが怖ろしくなります。

「ヘエ、相済みません。飛んだ粗相をいたしました」

こうなっては平次も、尻尾を巻いて引下がるほかはなかったのです。

「後を閉めて行けッ、馬鹿奴ッ」

もう一喝(かつ)浴びせられて、平次もすっかり腐ってしまいました。ガラッ八を笑えぬ大失敗です。

這々(ほうほう)の体で尻尾を巻いて引下がろうとすると、

「これ、これ待て」

「――」

「待たぬか、町人」

　峻烈な言葉が後ろから追いすがります、このまま逃げ出したら、もう一本真鍮磨きの火箸がぼんのくぼのあたりへ飛んでくるかもわかりません。

「ヘエヘエ、まだ何んか御用で」

「用事があるから呼ぶのだ。掘っ立て尻にならずに、中へ入って障子を締めろ」

「ヘエ」

　平次は絶体絶命でした。が、一方にはこの浪人者の言いなり放題になっている内に、何にか重大な手掛りが嗅ぎ出せるかも知れないと言った冒険的な好奇心も湧くのでした。

「お前はこの家の番頭だと言ったが――」

「ヘエヘエ」

「それは嘘だ――いや隠さなくとも宜い。身扮は野暮ったいが、身のこなしが意気で気がきいている。第一その水髪の刷毛先が、番頭や手代の柄じゃない。それに――」

浪人の口辺には薄笑いが浮びました。風呂場で威張っている友部源蔵よりは六つ七つ若く、色白で小柄で、ちょいと女のような優しい男ですが、口のきき方が皮肉で、眼の配(くば)りに油断がなく、何んとなくひと癖も二た癖もありそうな男です。

「――お前は品川からこの俺たちをつけて来ている筈だ」

「えッ」

「驚くな、驚くな。それくらいなことのわからぬ鈴木春策(しゅんさく)ではない」

「――」

「滅法野暮な様子をしている癖に、旅馴れた好い男――第一其方の身体には油断というものがない。察するところ其方は、旅人の懐中物を狙う、道中の胡麻の蝿だろう」

「飛んでもない、旦那」

この鑑定には銭形平次も驚きました。相手は平次の顔を見ながら、相変らずニヤリニヤリと薄笑いをしているのです。

「隠さなくとも宜い――たってこの家の番頭と言い張るなら二つ三つ手を鳴らして、下女か真物(ほんもの)の番頭に来てもらって、その雁首(がんくび)を鑑定さしても宜い」

「――」

平次も抗弁のしようもなく黙り込んでしまいました。

「道中の胡麻の蝿——酒落た商売だな。一つ間違えば、その首が飛ぶんだ、元金が高値だから、おろそかな仕事は出来ない」

「——」

平次はもう弁解をする張合いもなくなってしまいました。それよりは暫らく胡麻の蝿になりすまして、この浪人者が何を云い出すか、その出ようが見たかったのです。

「どうだ、本阿弥の鑑定に間違いはあるまい。その眼の配り、身のこなし、火箸の手裏剣を除けた手際は尋常でないが、竹刀ダコも鼕の面擦れもないところを見ると、武家ではない。第一武家にそんな意気な肌合の人間は滅多にない筈だ」

「——」

「で、其方が道中胡麻の蝿とわかっても宿役人に引渡すと云った野暮なことはしない。もっと近く寄れ、少し頼みがある」

浪人鈴木春策は声を落しました。

「——お前を街道筋でも名ある悪党と見込んで頼むのだ。礼はびっくりするほど出すぞ。当座の手付けは、ざっとこれだけ」

浪人者は懐ろから恐ろしく脹れた紙入を出すと、小判を五六枚摑み出して、平次の鼻先へザクリと置いてつづけるのでした。

「――不足か、よし、それならばもう一と奮張り」

小判はまた七、八枚加わりました。二分や一両で、五十三次の旅が出来た世の中に、小判で十二三両は容易ならぬ大金です。

「――」

この気勢に押されるともなく、平次は思わず顔を挙げました。少し上限づかいに、駄々ッ児が菓子を突きつけられたようで、我ながらあまり良い器量ではありません。

「どうだ――繰り返して云うが、これはほんの手付けだ。うんと云ってくれるか――何をモジモジしているのだ。仕事は至って手軽だぞ」

「どんなことをやりゃ宜いんで？　旦那」

平次はとうとう斯う云わなければならなかったのです。この上愚図愚図していると、相手はどんな疑念を持つかも知れず、機会は永久に平次の手から逸し去るでしょう。

「聴いてくれるか。実はな、この旅籠に泊っている者――わけても加奈屋の一行中の誰かが持っている、三本の手紙を取り上げて貰いたいのだ」

平次は驚きました。自分の狙っているものを、この浪人者も狙っているのです。

「ヘエ――そいつはどんな手紙で――」

だが、この場合は、白らばっくれるだけは白らばっくれなければなりません。

「女文字の手紙だ――色文だよ。水茎の跡もやさしい女の文、出した女の名前は――由良よりとある筈だ。受取る方の男名前は新太郎さま参る――」

「――」

「文句は飴と蜜でこねて、味醂味噌で煮詰めたような、世に他愛もないものだろうと思うが、こいつが大きな業をするのだ。間違えば幾人の命にも拘わる」

浪人者の声は次第に小さくなりますが眼は八方に動いて、油断なく四方を警戒しております。

「ヘッ、ヘッ、結構な商法ですが、その文はいったい誰が持っているんで――」

平次は次第に図々しくなって、斯んなことを訊ねました。すっかり胆も腰もすわってしまった様子です。

「それが解れば面倒はないが、わかって居るようで、一向わからないから困っているのだ。まず一番怪しいのは、向うの部屋に加奈屋の娘と一緒に泊っている、踊りの師匠のお歌だ」

「へエ――」

「あの女は恐ろしく綺麗な顔をしているが、狐のように悪賢いぞ。気をつけるが宜い――それから、加奈屋の主人総右衛門も怪しくないとは云えない。一家眷層をつれて上方見物は、この世智辛い世の中に変だとは思わないか。それからもう一人――此方へ寄れ、人に聴かしたくない」

「――」

「拙者の道連れ――この部屋に一緒に泊っている友部源蔵氏だ」

「エッ」

「驚いたろう――俺も驚いているよ。日本橋檜物町で、有沢金之助という腕の立つ浪人を殺したのは、容易の人間ではない。その有沢金之助の持っていた三本の手紙は、いま何処にあるか考えて見るが宜い」

「――」

「だが、友部源蔵は一刀流免許の腕前だ、うっかり手を出すと飛んだことになる――同じ部屋に泊っている拙者でも、ちょっかいを出すのは少しむずかしい。がそこは道中胡麻の蝿の手練だ、何んとかあの懐中物を見ん事抜いて見る気はないか」

鈴木春策は大変なことを云い出すのです。

「事と次第では、随分そのお頼みを聴かないものでもございませんが――いったい旦那方は、その色文とやらを、何うなさるおつもりなんで――」

平次はすっかり胡麻の蝿になりました。逆にこう捜りを入れるのです。

「売るのだよ」

「え？」

「たいそう物驚きをするじゃないか――その色文を書いた女が、今では大層な身分になっているのだ――御三家筆頭、尾張の国名古屋の城主、六十一万九千五百石の領主、従三位中納言様御内室と納まって居るとしたら何んなものだ」

「――」

銭形平次も黙ってしまいました。あまりのことに、口もきけなかったのです。

三通の恋文の主というのは、そのころ常識からいって、あまりに身分が高かったので平次ほどの者も、子分の八五郎に打ちあけていうのさえ憚った秘密ですが、この青白い浪人は、それを日常茶飯事でもあるように、初対面の素姓も知れぬ相手――巾着切りか、胡麻の蝿かも判らぬ――平次にこうヌケヌケというのは何んとしたことでしょう。

或は――或は――これは全くの仮定ですが、この鈴木春策という浪人は全くの喰えない人間で早くも平次の身分を察し、平次が何も彼も知り抜いて、同じく三通の恋文を追っていると見破って、からかい面にこんなことをいって居るのかもわかりません。

「――その尾張中納言様の御内室が、仔細あって微賤のうちに育ったが、若い頃ひそかに契った男と取交した恋文が三通だけ、妙なところから紛れ出した」

「へエ？」

「幸い一度は御内室様の兄有沢金之助が手に入れたが、既に破り捨てようとしている間際に殺され、恋文はもういちど御内室を蹴落そうと企んでいる腹の黒い御部屋方の廻し者の手に入り、この一行と一緒に、名古屋へ急いでいるのだ。判ったか、――名古屋におられる殿様の御側にその御内室様の古い色文が突き出されたらどんなことになると思う」

平次はうなずきました。呆れ果てて容易に受け応えの声も出ません。

「――恋文を誰が持っているか考えて見よう。まず踊り師匠のお歌――あれは江戸の尾張屋敷に繁々と出入りする女だ。加奈屋総右衛門は尾張様の出入り商人、友部源蔵は尾州の重臣、わけても御側付の人々と近付きだ。そして拙者は」

鈴木春策はニヤリと笑いました。まことに無気味な表情です。

平次は這々(ほうほう)の体で逃げ出しました。江戸開府以来の捕物の名人と云われた銭形の親分も、こんなひどい目に逢ったことはありません。

つまりは日頃の平次流に、動かぬ証拠を積んで、推理と決断とで事件の真相を見破る常道を踏まずに、功を急いで、隙見や立ち聴きで証拠をかき集めようとした、八五郎手合いの道を選んだのが間違いだったのでしょう。

「いや、驚いたの候の——飛んだ大縮尻(しくじり)だ」

尻尾を巻いて風呂場から逃げて来た子分の八五郎を迎えて、

「大縮尻はお前ばかりじゃないよ」

平次は反省的な、静かな調子で迎えました。

「すんでに、真っ二つというところでしたよ。相手が悪かったね」

八五郎は無事に繋(つな)がった自分の首筋などを撫でております。

「斬るぞ斬るぞという奴に、本当にきったためしはないよ。そう思ったから俺は、留め女を師匠に任せて顔を出さなかったんだ」

「ヘエ――親分は、あれを知っていたんですか、ヘエ――」

「怨むな。俺はあの騒ぎを幸い、他にして置きたいことがあったんだ」

「怨みはしませんが、少しばかり極りが悪いなア。板の間稼ぎにされて、女の子に助けられたんだから」

「女の子に助けられれば本望だろう――俺の方は胡麻の蝿にされた上、真鍮の火箸の手裏剣を喰ったり、三本の恋文を盗んでくれと頼まれたり、いやもうさんざんの体だよ」

平次はすっかり萎気返っております。

「誰です、そんな事を頼んだのは」

「もう一人の浪人者、鈴木春策とかいう小男だよ。あれは女見たいな優しい様子をしているが、友部源蔵の三倍も喰えない」

「ヘエ――」

「その鈴木春策という浪人者は斯う云うのだ『三本の恋文を盗ってくれたら、俺はそれを持って江戸に引返し、御内室様に高く売り付ける。先ず一と箱は動かぬところだ。お部屋方の悪人に渡して、お家騒動の口火を付けるような殺生なことはしない』と」

「ヘエ」

「尤も、俺を平次と知っての言い草かも知れない。油断はならねえ」

「ヘエ、人を嘗めた奴があるものですね」

「それから戻り際の駄賃に、加奈屋総右衛門父子の部屋と、娘のお梅の部屋を覗いて見たが、何んにもない――幸いお前が風呂場で大騒動を始めているので、二階は空っぽだ。着換えの袂の中まで見たが、何んにもなかったよ」

四

その晩、平次の寝ているところへ、

「親分、一人じゃ手に了えません。ちょっと起きて下さい」

手洗に起きた筈の八五郎が、部屋の中へそっと滑り込むと、寝ている平次を揺り動かすのです。

「何が始まったんだ」

平次は静かに応えて起き直りました。見ると鈴木春策が鑑定した胡麻の蝿か兇状持らしく、いつでも飛び出せるように身扮を整えて、たしなみの十手を引寄せます。

「加奈屋の伜の房吉が、そっと父親の寝息を伺って部屋から脱け出すと、階下に泊っている、玉屋又三郎の娘のお組をおびき出し、この先の納戸に潜り込みましたよ。大阪へ嫁入りさせる筈の娘が、加奈屋の伜と出来ていたんですね。燈台下暗しだ――こいつは大笑いでしょう」

「馬鹿ッ、笑いたきゃ夜が明けてから臍の抜けるほど笑え、――それより俺を起したのはどんなわけだ。何が手に了えないというのだ」

低い声ですが、平次はもどかしそうに極めつけました。

「納戸の番人をして気を悪くしていると、二階からまた降りて来た人間があるじゃありませんか、誰だと思います」

「俺が知るものか」

「友部源蔵ですよ。あの憎体な浪人者が一刀をブラ下げて、裏口からそっと滑り出すと、つづいて一人二人」

「誰だい、それは？」

「わかりませんよ。梯子段の上下の有明は、友部源蔵が消してしまったし、帳場の不寝番は、一生懸命船を漕いでいる」

　八五郎は首を延ばして居眠りの真似などをして見せます。

「何んだってお前はそれを跟けなかったんだ」

「それがね、親分、納戸の中が気になったので――泣いたり笑ったり、今が口説の真最中、フ、フ、フ」

「馬鹿野郎」

「ヘッ」

　平次はもう一つ低いながらも痛烈な奴を喰わせました。

「逢引の番人に、東海道を歩いているんじゃあるめえ」

「ヘエ――」

「今からでは遅いかも知れないが、幸いの月夜だ、すぐ外へ出て見ろ――俺は裏口に関を据えて、誰と誰が戻って来るか見張っている」

「ヘエ」

　渋々に出て行く八五郎の後ろ姿を見送った平次は、念のために上下の部屋部屋を一と廻りして見ました。

第一番に平次の発見したのは、隣りの部屋に泊っている筈の長身の浪人者――秋月とかいう五分月代の好い男が脱出していることでした。

二階の加奈屋総右衛門と伜房吉の部屋も、二人の浪人友部源蔵と鈴木春策と泊っている部屋も空っぽ。それから女二人、加奈屋の娘お梅と踊りの師匠のお歌の寝ている筈の床も藻抜けの空だったのです。平次と八五郎がうっかりしているうちに、人々の動きは時刻もかまわず、事件の核心を繞って、猛烈に展開していたのでしょう。平次はこの時ほど自分の怠慢を呪ったことはありません。最後に総右衛門父子の部屋の隣り、番頭の嘉平と鳶の者長五郎の部屋を覗くと、こればかりは極めて無事に、二匹のウワバミのような恐ろしいいびきを合唱させながら、階上階下の不思議な事件の動きも知らずに熟睡して居ります。

平次はそっと帳場を覗きました。

不寝の番の若い男が一人、これは行燈の蔭に崩折れたまま、死んだもののように眠りこけておりますが、その様子は簡単な居睡りではなく、何人かに薬か何にか呑まされて、不可抗力の麻睡に陥ちているような不自然さがあります。それを証明するように、男の側に湯呑が一つ。

夜はもう子刻（十二時）を廻って、丑刻（二時）近くなって居るでしょう。早立ちの客のために、飯炊きくらいは起きなければならぬ時刻ですが、家中は寂として物の気はいもなく、死のような沈黙のうちに、何にかしら運命の歯車だけが、キリキリと廻っていると云った感じでした。

「野郎ッ、待てッ」

不意に裏口のあたりで叱咤の声、それは誰でもない八五郎です。続いてドタリバタリと取組む音。

平次は飛んで行きましたが、その時は、もう騒ぎは鎮まって、勢いよく開けた雨戸の外に、月の光を浴びて、長々と伸びているのは、何んと、ツイ今しがたまで、威勢の良い叱咤の声をあげていた、ガラッ八の八五郎ではありませんか。

「八、何んというザマだ」

平次が手を取って引起す。

「野郎ッ、御用だぞッ」

面喰って親分の平次に組み付いてくる八五郎です。

「馬鹿ッ、俺だよ」

「親分、惜しいことをしましたよ」

八五郎は照れ隠しを言うのでした。

「何が惜しかったんだ」

「曲者を取逃したんで、――変な野郎が闇の中から飛び出すから、いきなり組付くと、身体を沈めて一本背負を食わせるじゃありませんか。恐ろしい早業で、あッと云う間もありゃしません」

八五郎の調子は少し仕方話になります。

「あッとは云わなかったが、グーッと云ったようだぜ」

この期に臨んでも日頃の馬鹿馬鹿しい掛合いになる二人でした。

「からかっちゃいけません」

「まア、怪我がなくて仕合せ――と言いたいが、その様子じゃ相手の人相も見極めなかったろう」

「人相は見ないが、骨組は見ましたよ――背の高い、肩巾の広い」

「鈴木春策ではないな」

「ところで、もうきり上げましょうか。外には誰も居そうもないじゃありませんか」

「もう一と寝入りして、大江山鬼退治の夢でも見るか――おや、待ちな。八、それは何んだ」

入口に半分身体を入れた八五郎は、銭形平次に押し戻されました。

「何です、親分」

「お前の袖から胸のあたりが真っ紅じゃないか」

「ヘエ――」

遠い灯に透して見ると、八五郎の寝巻の前は、斑々(はんはん)と凄まじい血潮の痕です。

「血？」

「八、これは唯事じゃないぞ。戻って見よう――真っ暗なところへ飛び込んでも仕様があるまい、灯を用意しろ」

「待って下さい、親分」

八五郎はさすがにこんなことには馴れておりました。いきなり家の中へ飛び込むと、廊下の掛行燈(かけあんどん)を一つ外して、平次の先に立って家の裏へ飛び込みます。

その晩は良い月でした。が、それだけに月に反いた裏口は暗く、うっかり飛び出すと眼も鼻も塗り潰されたようで、何が何やらわかりません。

「親分、これだ」

建物の袖を廻って、重なり合った庇間(ひあわい)、年中陽の目を見ないような、行止り三坪ほどの空地に、人間が一人、紅に染んで倒れているではありませんか。

「武家じゃないか」

「友部源蔵ですよ。先刻あっしをひどい目に逢わせた野郎」

ガラッ八はツイ張り上げます。

「死んだ者は仏様だ――無礼があってはならぬ」

「仏様って顔じゃありませんよ。閻魔(えんま)大王みたいな面(つら)で――」

「馬鹿ッ、退いていろ」

平次は八五郎から灯を取上げると、念入りに友部源蔵の死骸を調べ始めました。

「親分、手伝いましょうか」

「人が来るとうるさい。土地の役人が来る前に見るだけは見て置かなきゃ――お前はそこで見張っているが宜い」

「ヘエ――」

八五郎はさすがに平次のやり方を心得て居るだけに、たいして文句も云わず、死骸に背を向けて裏口のあたりを見張っております。

「刃物は匕首だ――後から抱きすくめて刺したと見えて、刃尖下がりに胸をやられている――何うかしたら、恐ろしく背の高い奴が、前からやったのかも知れないが――それにしても少し脆過ぎた」

「親分」

「黙っていろ、抱きすくめて刺せば、曲者の身体には血が付かなかった筈だ――ところが八五郎が羽がい締めにした曲者は、ひどく背後に血を浴びていた――」

「――」

「サア、判らないぞ、八」

「親分」

「黙っていろ――それとも前から、滑って転ぶところを、迎え撃つようにやられたのかな――だが、それにしても、曲者が後ろへ血を浴びて居るのはおかしいじゃないか」

平次は独り言をいいながら、一歩一歩自信を確めて、証拠から証拠へと移って行くのでした。

「ひどく滑った跡があるぞ――おや、おや、一つや二つじゃない。足跡も滅茶滅茶だ、いったいここへ幾人の人がやって来たんだ」

「親分」

「うるさいな、何んだえ」

「先刻の大男が滑って転んだ弾みに、死骸の上に仰向けに倒れたんじゃありませんか。そんな具合になると、背中に血が付きますよ」

八五郎はとうとう我慢のならぬ様子で一気にまくし立てます。

「ほう——そいつはうまい考えだぞ。お前はいったい何処でそんな結構な智恵を仕入れて来たんだ」

「ヘッ、智恵や金はふんだんに用意していますよ」

「ないのは色気ばかりだってやがる、馬鹿だなア」

「たいそう賑やかねえ、金の茶釜でも掘り出したんじゃありません？　ね、八兵衛さん」

裏口からヒョイと顔を出したのは、美しい師匠のお歌でした。

「あ、師匠なんかの顔を出す幕じゃねえ。引っ込んだり、引っ込んだり」

その前へ立ち塞がる八五郎の真剣さ。

「まア意地悪の八兵衛さんねエ、宵の風呂場の騒ぎをもう忘れてしまって？」

「そんなわけじゃないが、ここには若い女に見せたくないものがあるんだ」

八五郎はもう大手を拡げて裏口一パイに立ち塞がっているのです。

「若い女と言われるのは嬉しいけれど、見せられないとなると、なおさら見たいじゃありませんか。ちょいとのぞくだけなら宜いでしょう、八兵衛さん、たら、八兵衛さん」

「チエッ、気色の悪い。俺は第一八兵衛なんかじゃないぜ」

「まア、悪かったわねエ、そんなら八右衛門さん」

「勝手にしやがれ」

太刀打ちは定石通り八五郎の負けです。

「八、もう宜い――お前は問屋場へ行って宿役人を呼んで来るんだ、――亭主も番頭も、この騒ぎの中へ顔を出さないのは唯事じゃあるまい。序にそれも叩き起せ」

「へエ」

「師匠、見たきゃ見せて上げるが、もう丑刻（二時）だぜ。今頃どんな匂いを嗅いでここへ来たんだ」

平次は八五郎を追いやって、お歌の方に鉾を向けました。

「手洗に起きて見るとこの騒ぎでしょう。ツイ見たくなるじゃありませんか」

お歌は少しく怨ずる色があります。

「昼の装束のままで寝ていたのか」

「えッ」

「まあ宜い。これを見てくれ」

身を開いて、灯を高々とかかげた平次の前に、友部源蔵の死顔がカッと眼を剝きます。

「ま、友部」

「あの浪人者だ、お前の七万両の絵図面を盗ったという――が懐ろはかき廻されて紙入も煙草入も――いや胴巻までも抜かれているよ」

「まア」

「七万両の宝の隠し場所を教える、絵図面はいったい何処へ行ったのだ」

平次は取乱した友部源蔵の死体を指さしながらつづけました。

「曲者は、親分?」

お歌はさすがに落着きを失っておりました。平次のかかげた灯の中へ、その華奢な身体を乗出すように、友部源蔵の死骸を覗いております。

「残念ながら逃げられたよ、まさか今夜とは思わなかった。それが此方の手ぬかりさ」

平次はさすがに口惜しそうです。

「親分には下手人はもうわかっているでしょう」

「いや、少しも」

「銭形の親分さんが、まだ温かい死骸の前に立って、下手人がわからない？」

「口惜しいが今度はすっかり出し抜かれたよ。尤もこれだけの事はわかって居るつもりだ」

「？」

「友部源蔵を刺したのは、何うかすると女かも知れない——ということだ」

「女？」

「友部源蔵の後ろから抱き付いて、そっと胸へ匕首を叩き込むのは、源蔵を油断させる女でなきゃ出来ないことじゃないか」

「まア」

お歌はさすがに顛倒した様子です。若い女の興奮が醸し出す異常の緊迫が、狭っ苦しいこの庇間の空気を匂わせます。

「それからもう一つ、その女は——いや若し下手人が女だとしたら、恐ろしく身軽で気転のきく女だ」

「——」

「八五郎はそこに伸びているし、俺は裏から飛び出して来た。この庇間の空地にいた曲者は、何処へも逃げられる筈はない——が、首尾よく逃げ了せた。——逃げ路はたった一つ、あの庇に飛び付いて、屋根から二階の窓へ飛び込むほかはない」

「——」

平次はそう云いながら灯を挙げて、庇の上を遥かに、二階の窓——そこには加奈屋の一行が泊っている部屋の前を通る、廊下の突き当りの北窓——を見上げるのでした。

「でも、親分」

お歌は敢然として平次の顔を振り仰ぎます。

「何んだ」

「下手人は男か女か、そんな詮索をするより、序幕から大詰まで大きな眼で見ている生証人に聴いた方が確かじゃありませんか」

「何？　生証人」

「それ、其処に——灯を貸して下さいな」

お歌は美しい指を挙げて路地の一隅、灯の届かぬあたりを指さすのです。

五

平次の手からお歌の手に移った灯は、路地の隅に踞んで、眼ばかり光らせている、不思議な人間——梟の化物とも見られる怪物をマザマザと照らし出しました。

「あ、お前は？」

平次はその顔を知り過ぎる程よく知っております。それは、夕刻戸塚の宿外れの橋の上で、平次に煙草の火の無心をした親爺——平次の眼へ危うく煙管を突っ立てそうにしたあの横着な親爺ではありませんか。

「親分は、その爺さんを御存じのようねエ。ちょいと意気じゃありませんか、その扮装は、ホ、ホ、ホ」

お歌はそんな事を云いながら、ほのかに笑うのです。

「爺さん、飛んだところで逢ったね」

平次は老爺の前に進むと、面白そうに声を掛けました。

「へエ、今晩は、親分さん」

老爺の頬には、深刻な皺が波打ちます。

「お前はいつから其処にいるんだ」

「へエ、あれからズーッと居りますだよ」

「何をして居たんだ」

「旅籠賃がないだよ。こちとらは野宿の外に術はないだ」

「で、お前は何を見たんだ」

平次は突っ込みました。

「何んにも見ませんよ。この闇だ、鼻の先でカンカンノウを踊ったところで見えるわけはねえだ」

親爺はニヤリとしました。この態度の太々しさに、平次もさすがにムッとしました。

「声くらいは聴いたろう」

「聴きましたよ。うつらうつらしていると、鐘の音も虫の声も聴えて来るだ」

老爺はまたニヤリとしました。

「よしよしその心掛けなら、土地の役人に引渡すほかはあるまい。なるべく穏便に済してやろうと思ったが、先刻俺の眼へ煙管を突っ立てた事も八州の役人に話して置こう」

「親分さん」

老爺は少しあわてました。

「左の手首に何んかあるようだ――橋の上で俺の煙管の雁首を押えた時から気はついているが――」

「親分、お見それ申しました。お見逃がしを願います。が、今は申し上げられません。人が聴いています。少々待って下さい――せめて明日の朝まで」

「人が聴いている？」

だが、振り返るとそこにはもう、闇を染めて立っていたお歌の美しい姿も見えなかったのです。

平次が左の手首といったのは、其処にある入墨を指したので、それがどんな意味があるか、云うまでもないことです。

「そんな気の長いことをいってはいられないよ。今すぐ多勢の人がここへ来るんだ。その中には土地の御用聞も八州の役人もいるだろう」

「親分」

親爺はあわてて左の手首の入墨——無宿者の看板(かんばん)——を隠して羽目板の下に小さく踞(うず)くまりました。隙間だらけ、節穴だらけの羽目板ですが、路地と路地との間を仕切って、そこには隣家の御勝手が覗いている様子です。

「お役人に引渡すか、このまま見逃がすか。お前の心掛け次第ということにしよう」

「——」

平次は一歩前進しました。

「このお武家——友部源蔵とか云った——お前はよく知っているだろう。この一筋縄で行けそうもない武家を刺したのは誰だ」

「それを云うと私は殺されますよ、親分」

「男か女か」

「——」

親爺は紫色にさえ見える大きな唇を閉じて、追い詰められた猛獣のように、脅えきった眼をキラキラと光らせています。

「知らないとはいうまいな」

「親分、それだけは勘弁して下さい」

「それじゃ他のことを訊こう」

「へエ――」

「この御浪人は長いのを一本提げて飛び出したらしいが、鞘が見えない――」

平次は友部源蔵の死骸の側にある一刀――抜刀のまま放り出してあるのを指さしながら続けました。

「――その鞘はどこへ行ったか、お前は知っている筈だ」

「飛んでもない親分」

「それくらいのことは云えるだろう」

「それを云えば、見逃がして下さるでしょうね、親分。あっしは全く人殺しのことは何んにも知らないんだから」

ひどい相模なまりだった老爺の言葉が、いつの間にやら江戸言葉になって、四方をキョロキョロ見廻しながら、ともすれば、逃げ出しそうにしております。

「逃げ了せる見込みがあるなら、それも宜かろうよ。俺は土地の御用聞じゃないから、殺しの詮索まではしない。鞘がどこへ行ったか差当りそれを知りさえすれば宜い」

平次はケロリとして斯んな事を云うのです。

「それ程にまで仰しゃるなら」

老爺はようやく思い定めた様子でした。

「云うか、親爺」

平次は思わず乗出しました。

「そこの溝板の下を——」

老爺の声は囁くように小さくなります。

「ありがたい」

平次ほどのものも、この時ほど夢中になったことはありません。友部源蔵を殺したのは誰であろうと、三通の恋文を奪い取る目的であったに違いなく、友部源蔵が必ずその身に着けているとしたら——これは今になってようやく気の付いたことですが——腹巻や紙入や肌襦袢より、刀の鞘に忍ばせておくのが一番便利なわけです。

そうと知って思い合せると、友部源蔵の刀はあまりに長過ぎました。ここに投げ出してある抜刀に比べると、居合抜きの飾太刀のように、鞘の方は少なくとも六七寸は長かった筈で、その先の方に恋文の二通や三通を忍ばせることは何んでもありません。平次は本当に夢中でした。下水に飛びついて、半分腐蝕した蓋を開けると、その中には果して長々と刀の鞘。

「あッ」

惜しいことに、それは真二つに割られて中に隠してあるべき筈の恋文は影も形もありません。

が、平次の疑惑も長くは続きませんでした。溝の中を見るうち、足許の土の上に置いた掛行燈の灯が、不意に横からパッと蹴飛ばされたのです。

驚いて立ち直る間もありません。

「あばよ」

老爺は太々しい捨台詞を残して、後ろの羽目板へドンと体当りをくれました。煎餅よりも脆くなっている羽目は一ペンにケシ飛んで、老爺の身体をガン燈返しに路地の外へ

——と思う間もなく、

「グヮーッ」

と恐ろしい悲鳴が起りました。

同時に、飛んで来る多勢の足音。

「親分、どうしました。真っ暗じゃありませんか」

ガラッ八の八五郎が、先頭に立って飛び込んで来たのです。

続いて手に手に提灯を持った町役人御用聞の一隊。

ドッと漲る灯の洪水の中に、最初に眼についたのは、弾き飛ばされた羽目板を染めて、カッと眼を見開いたもう一つの死骸ではありませんか。

「あ、やられたッ」

それは云うまでもなく、平次の隙を見て逃げ出そうとした老爺が、友部源蔵と同じように、左胸元を深々と刺されて、鮮血の中に死んでいるのでした。

「八、番頭や女中を皆んな狩り出して、出口、出口を固めろ。一人も出しちゃならねエ。入る者があったら、よく人相を見定めるんだ」

真っ先に立った八五郎の顔を見ると、銭形の平次は咄嗟の指図を与えました。

「やって見ましょう。だが親分、宿の者は皆んな泥に酔った鮒のようだ。起しても引っ叩いても他愛がありませんよ」

八五郎は平次に答える間にも、踵を返して飛んで行きます。

その間に町役人、土地の目明し、弥次馬を加えて十人ばかり、提灯を振り翳して狭い路地の中にごった返しているのです。

「この老爺の見知りの人はいないか」

町役人の一人は四方を見廻しました。

「土地の者じゃねえが、よく見掛ける顔だ」

「道中師の吉兵衛という男だ——何んか山を見付けて、こんな恰好をしているんだろう」

そういったのは、土地の目明しらしい四十男です。

秩序も統一もない騒ぎはしばらく続きました。こんな調子では、下手人がこの中に交っていたところで縛ることなど思いもよりません。

銭形平次はこの空気に愛想を尽かして、宜い加減にしてきり上げる気になりました。家の中へ入って玉屋や加奈屋の一行、わけても浪人の鈴木春策や、踊りの師匠のお歌や、平次の隣りの部屋にいる秋月とかいう武家などの動静を調べた方が、遙かに有意義らしいと思ったのです。

一歩この乱雑な人類の中から身を退いた平次は思わぬ声に呼止められました。

「ちょいと待って貰おうか」

振り返ると土地の目明しらしい男が、懐の十手をさぐりながら、妙な眼を光らせているのです。

「あっしかえ」

平次は立止りました、落着き払った態度です。

「お前はこの家の客かい」

「――」

平次はうなずきました。

「最初から見ていたようだから、一と通り調べなきゃなるまい。お前の名前と国所は？」

四十男の目明しは少し果し眼になります。

「なるほど、黙って引揚げるのはあっしが悪かった。――ご同様お上の御用を勤める、神田の平次というものだが――」

平次の声は小さくて謹み深いものでしたが、その影響は甚大で深刻でした。

「それじゃ、銭形の親分」

土地の目明しの声はツイ大きくなります。

銭形平次、銭形平次、この名は江戸中は言うまでもなく、海道筋までも、口から口へ、耳から耳へと伝わっておりました。羽目板の側に倒れた死骸よりは、しばらくの間は平次の顔に灯が集中するのをどうすることも出来なかったのです。

「銭形の親分、それは良い人に立ち会ってもらいました。何分よろしく引き廻しを願います——私は戸塚の五郎吉と云うもので——」

土地の目明しが、開き直って仁義口調になるのを、平次はすっかり持て余して、照れ臭く小鬢などを掻いております。

「飛んでもない、ここは江戸とは違います。私は唯の旅人で、妙な張合いでこんな事に顔を出しただけのことです」

すっかり唯の旅人になりきった平次の顔を、多勢の人たちはまだジロジロと眺めております。

平次はしかし、この上皆んなの好奇心に付き合っては居られません。宜い加減に五郎吉をあしらって、ともかくも見るだけは見て置かなければならなかったのです。

吉兵衛という道中師は、もう虫の息もありません。疵は後ろから左肩胛骨（ひだりかいがらぼね）の下を力任せに一とえぐりしたもので、恐らく声も立てずにやられたことでしょう。

友部源蔵のような、相当以上の使い手を、正面から一気に刺したと同じ手でなければ、暗闇の中でそれだけの凄い芸当は出来なかったでしょう。

それは実に、か弱い昆虫を刺す、サソリの一撃のような電光石火の早業と、定規（じょうぎ）を当てたような正確さを持ったものでしょう。もし万々一にも毛程の狂いでもあって、刺された者が口をきいたとしたら、下手人（げしゅにん）はその場を去らずに縛られなければなりません。

「恐ろしい手際だね銭形の親分。あっしも長いこと十手捕縄を預っているが、こんな凄い殺しは見たこともありません」

土地の目明し、五郎吉は舌を捲くのです。

「親分」

「何んだ八」

八五郎は多勢の頭の上に、長んがい顎（あご）を載っけるように顔を出しました。

「家の中からは出た者も入ったものもありませんよ――番頭や女中たちがフラフラに

なって起きて来たんで、出口出口の固めは頼みましたが――」

「それで宜かろう。あれほどの素早い曲者だ、俺たちが無駄を云っているうちに、二三度江の島詣りをして帰って来るよ」

「へッ、違げえねえ」

　八五郎の長んがい顎がブルンと動きます。

　後の始末は五郎吉に任せて、平次はともかくも家の中へ入りました。

「平次親分」

「――」

　それを迎えるように、梯子段の下に突っ立っているのは、浪人者鈴木春策（しゅんさく）の虚無的な顔でした。

「先刻は飛んだ鑑定違いをして気の毒であったな」

「――」

「江戸開府以来と云われた御用聞の花形、銭形平次親分を胡麻（ごま）の蝿（はえ）と間違えたのは、イヤハヤ我ながら大笑いだ。悪く思うなよ、平次親分」

「飛んでもない、あっしも旦那を恋文泥棒と間違えましたよ。粗相はお互様で」

平次も負けては居りませんでした。

「そういわれると面目次第もない——ところで、友部氏がやはり恋文を持っていたのだな」

「ヘエ」

「刀の鞘に隠してあるとは気が付かなかった——松井源水のような長いのを差しているとは思ったが」

「旦那もあれを御覧でしたか」

「見たよ、窓から覗いて——鞘は見事に断ち割ってあった——といい度いが、大なまくらで割った様子で、割れ口が滅茶苦茶につぶれているようであったな」

「ヘエ」

それまで見ていられては叶いません。

「ところで下手人は誰だと思う」

「わかりませんな」

平次は仔細らしく小首を捻って見せました。

「隠すな、銭形平次に見当がつかぬ筈はない」

鈴木春策は執拗（しつよう）に絡（から）みつきます。この機会を逸しては、永久に三本の恋文の行方がわからなくなると思ったのでしょう。あるいは三本の恋文を奪ったのはこの鈴木春策で、平次がどれだけの真相を知っているか、それを確かめにかかっているのかもわかりません。鈴木春策の蒼白い顔に漂よう微笑が、何にかしら容易ならぬ不気味なものを感じさせるのでした。

「申しましょうか、旦那」

「何を」

「三本の恋文を盗った相手を」

「面白いな、そいつはぜひ話してくれ。誰だ」

鈴木春策の眼は遠い灯を受けてキラリと光ります。

「旦那ですよ——恋文を盗んだのは、ほかならぬ鈴木春策様ですよ」

追いつ、追われつ

一

翌る日は一日足留め、戸塚の中村屋に泊っている客は、親の死目に逢わなくても、路用が今日で尽きるにしても、旅籠屋の敷居を跨ぐことは許されなかったのです。どうせ江戸の御用聞と判ってしまえば、あとは遠慮も斟酌も要りません。平次はそのあいだ巧みに八五郎の馬力を活用して、あわよくば今日の日の暮れぬうちに、事件解決へと突き進もうとしたのです。

そのためには先ず、二階に泊っている加奈屋総右衛門に逢って見ようと思っている矢先、向うから番頭が使いに来て『――ちょっと親分にお目にかかりたいが、お伺いして差支えはないだろうか』という鄭重な口上です。素より望むところで、さっそく承知の返事をやると、まもなく加奈屋総右衛門、梯子段の下の行燈部屋のような長四畳へやって来ました。

「これは銭形の親分、良い方が御一緒で助かります。私は加奈屋総右衛門、何分よろしく願います」

ていねいな挨拶です。鬢に少し霜を置きましたが、五十前後の働き者らしい男で、何んとなく人を外らさぬ愛嬌があります。

「此方からお伺いする筈でしたが、何分若い人たちのお耳には入れたくないと思いまして」

「いや、御尤もなことで」

平次はこう言った平淡な挨拶のうちにも、飛び散る火花を感じました。相手は苗字帯刀を許され、公儀への名も通った男、町人といっても唯の町人ではありません。

「さっそくですが昨夜亡くなった友部源蔵という方とは、どんなおかかり合いでしょう」

「その事ですが、親分、私どもは飛んだ迷惑をいたしました」

「ヘエ？」

「娘や伜をつれて上方見物に出かけようと言う間際になって、御町内の有沢金之助という御浪人が斬られ、お役人方が出口出口を固めて、お許しのない者は、一人も外へ出ちゃならないという時でした。お隣りに住んでいられる友部源蔵さんが、友人と一緒に上方へ行きたいから、加奈屋の一行に加えて貰いたい。道々は決して迷惑をかけないというお頼みで、日頃知らない方でもなし、断り兼ねてお引受けしました。その御友人というのが同宿の鈴木春策様でございます」

「なるほど」

「その友部様のために足留めを食った上――困ったことが起りましたよ、銭形の親分」

総右衛門はいったい何を言おうとするのでしょう。

「困ったこと?」

銭形平次は問い返しました。総右衛門の眉は物々しくひそみます。

「実は私ども、上方見物という触れ込みで参りましたが、御出入りのさる御屋敷の御用を承り、御領地の産物の取引のことで、この二十三日には名古屋へ参らなければなりません。二十三日というとあと七日、足弱を連れての旅ではぎりぎり一杯の日取りでございます」

「――」

「この上ここに引止められて、万々一、期日に間に合い兼ねるようなことがあれば、御出入り屋敷の損耗は莫大で、そのため一藩の人気にも興廃にも関わることになりましょう。――如何なものでしょう。親分を見込んでのお願いですが、土地の役人に渡りを付けて、私ども一行だけ今日にも此処を出立さして貰えないでしょうか」

総右衛門はそう言って、首筋の汁を拭くのです。

「それはさぞお困りでしょう、一々御尤もですが、御存じの通り足留めなどは万事土地の役人のすることで」

「でも、銭形の親分が口を利いて下されば、土地の役人も嫌はあるまいと伺います」

「――」

「失礼ですが親分、これは私の寸志、ほんの少しばかりで路用の足しにもなりませんが」

総右衛門はそう言って、紙に包んだもの、小判ならざっと百両もあろうと思うのを、そっと平次の袖の下に滑らせるのでした。

「飛んでもない、旦那。そんな物を貰う筋合いはありません」

押し返す平次。

「そう仰しゃらずに親分、ほんの少しばかりで恥かしいが、何んと言っても道中で」

「いえ、多い少ないを申しているわけじゃありません。そんな物を頂いちゃ、平次が廃(すた)ります」

「でもありましょうが、私のこころざしだけ」

金の包を押しやりながら、果てしもない争いはつづきました。

部屋の隅に膝っ子僧を抱いて、ジッとそれを見ていたガラッ八の八五郎は、この時ひょいと立上がると、下女が廊下へ投げ出して行った箒(ほうき)を取って客の後ろへ廻りました。

「親分、少し掃き出すぜ。女どもがなまけてぞんざいな掃除をするから、こんな大きなゴミが残って居るんだ。ホイよ」

さっと掃いた箒の先に掛って、金包はパッと廊下に飛びました。上包の紙は破れて中から飛び散ったのは、夥(おびただ)しい山吹色の小判、小判、小判。

「ちょいと八兵衛さん」

八五郎の後ろから、ぼんのくぼを羽根刷毛(はけ)で撫でるような、媚(なま)めかしくも柔かい声が掛りました。言ふまでもなく師匠のお歌です。

「止せやい、その八兵衛さんを聴くと、ムカムカと吐気がするぜ」

八五郎は日本一の膨れっ面をして見せました。目尻が下がって、長んがい顎がしゃくれて、どうもあまり睨みのきく顔ではありません。

「でも良かったわねエ——」

「何が？」

「先刻の幕切れ、——箒で廊下へ小判を掃き出して、『親分の貧乏は通りものだが、憚りながら路用には事欠かねえ。欲しくば小判というものを、付け焼にしてお茶受に喰わしてやらア』——なんて、何んてキビキビした啖呵だろう。私はあれを聞いて、胸がスーッとしちゃったわ」

「何んだ、馬鹿馬鹿しい。あれを覗いていたのか」

「東桟敷から——こんにゃく屋ッ——て声を掛けたじゃありませんか。東桟敷で判らなきゃ、梯子段の五つ目よ、フフ」

「チェッ、馬鹿にしているぜ」

「馬鹿になんかするものか、すっかり溜飲を下げて、八兵衛さんを見直したじゃありませんか——金持なんて代物は金の顔を見せさえすれば、どんな無理も通ると思っているから癪じゃありませんか。相手が承知するかしないかは、金の額が多いか少ないかだと思ってやがる」

「――」

「私は加奈屋のお嬢さんのお供のように思われているけれども、つくづくあの金光りの顔が嫌になって、別れてやろうかと思っているのよ」

「フーン」

お歌がいったい何を言おうとするのか、血の循りの悪い八五郎にはまだ解りません。

「ね、八さん、私を一緒につれて行って下さらない」

「チェッ」

さア来やがったぞ――八五郎はそんな事を考えてそっぽを向きました。

「ね、ちょいと八さん、八親分てば」

それを追うように、お歌の腕は矢庭に伸びて、八五郎の首筋へやわやわと巻き付くではありませんか。

「あ、止さねエか」

「ま、邪慳たらない。ちょいと此方を向きなさいよ、八さん」

蔓草（つるくさ）のように絡（から）みついた細腕は、振ってもほどいても容易には離れません。

「いつまでも私だって、金持のお供じゃ可哀そうじゃありませんか。ね、八さん、一緒に連れて行ってやると言って下さいよ。ね、ね」

細腕は次第に引緊（ひきし）められて、八五郎の少し青髯の伸びた頬へ、女の香ばしい息が、春風のように——。

「止さないか、人が見ているぜ」

二人はいつの間にやら風呂場の前まで歩いておりました。薄暗くて留湯（とめゆ）の匂いがして、ここは滅多に人の来るところではありません。

「見ていたって宜いじゃありませんか。ね八さん、連れて行ってやると云って下さいよ。先には七万両という山が見えているんだから、お前さんに不自由はさせませんよ」

「冗談じゃないぜ、七万両の夢なんか見て道中が出来るものか。第一銭形の親分は、そりゃ女が嫌いなんだ」

「あの人にはお静さんという良いお神さんが付いているからですよ。それに銭形の親分は、三本の恋文とかが手に入れば直ぐにも、江戸へ引っ返す人なんでしょう」

「三本の恋文？——そんな話をどこで聴いた」

八五郎はびっくりしました。この女の敏捷なことはよく判っておりますが、それにしても極秘の中の極秘、幾人の人が争いつづけている三本の恋文のことを何うして知っているのでしょう。

「そんな事を知らない人はありゃしません。――二人でその恋文を捜し出して、銭形の親分へやって、今日にも江戸へ帰って貰おうじゃありませんか。そして私と八さんとは七万両を捜しに箱根へ行く――ちょいと嬉しいわねエ」

「七万両はともかく、三本の恋文だってそう手軽に捜し出せると思っているのか」

八五郎はツイこの女を振りきり兼ねました。云う事が馬鹿馬鹿しい癖に、妙に人を引きつける真実性があるのです。

「私は知っていますよ。三本の恋文はどこへ行ったか」

「？」

「まだ疑ってるのねエ――友部源蔵という浪人者の刀の鞘の中に隠してあった三本の恋文、見事に捜し出して上げましょうか」

「何ッ」

「そんなに眼なんか丸くしなくたって。ホホ、変な顔よ、八さんが吃驚すると」

「それは何処にある」

「言っちゃお仕舞いじゃありませんか。私を道連れにして下されば、今晩までにその恋文は捜して上げましょう。どう、八さん」

お歌は大変なことを云い出しました。


「ちょいと親分さん」

お歌の絡み付くのを振りきって、自分の部屋に帰ろうとした八五郎は、例の納戸の前で若い女の声に呼止められました。

「ヘエ――、あっしで？」

淀む足とともに鼻の下が少し長くなります。

「お願いでございますが、ほんの暫らくお顔を」

見るとそれは、階下の部屋に陣取っている玉屋又三郎の娘で、お組と云って十九、丸ぽちゃの色白で、滅法可愛らしいのが、八五郎を見てにっこり、無理に絞り出した笑顔のいじらしさは八五郎をぞくぞくとさせました。

「何んか用かい」

そう云いながら八五郎は小戻りしました。鬼の棲家(すみか)でも、若い娘が一人いる納戸でも、敵に後ろを見せるガラッ八ではありません。

納戸は旅籠屋によくある薄暗い夜具部屋で、明るいところから入ると、お組の白い可愛らしい顔のほかには、暫らくは何んにも見えません。

「ね、親分さんを見込んでお願い申しますが――聴いて下さるでしょうか」

お組の赤い唇がうるんで、可愛らしい首を少し傾けました。大きな瞳――表情的な大きな瞳がまたたきます。

「何をやりゃ宜んだえ、お嬢さん」

八五郎はゾクゾクしました。この江戸一番のフェミニストは、生れてまだ若い可愛らしい娘から、こんなに沁々と物を頼まれたことがなかったのです。

「あの――」

娘はためらいましたが、思いきった調子で、

「――ここから私たちを逃して下さいな――お願いだから」

「えッ」

娘のいうことは、あまりにも予想外です。

「このまま旅をつづけて上方へ行けば、私は気に染まぬところへ嫁入りさせられます。そうすると私は、死んでしまうかも知れません。逃げようにもあの通り、両親や番頭が見張っていて、一寸も眼を離さないんですもの」

「――」

「この宿からそっと脱け出せば、皆んな足留めになっておりますから、追手のかかる心配もなく、五里でも十里でも先へ逃げ延びられるでしょう。親分さん、助けると思って、私たちを逃がして下さいな、お願い」

両掌を合せてお組は涙さえ流しているのです。八五郎は十手捕縄を返上しても一番この娘を助けてやろうかと思いました。がフト見ると娘の後ろに、同じように手を合せて、

「お願いでございます、親分さん」

そう云う若い男の姿を見付けると、妙に気が変って、職業意識が顔をもたげます。

「お前は何んだ」

「加奈屋の房吉でございます」

これは二十歳を越したばかり、好い男かは知りませんが、生っ白くて、ヒョロヒョロ

して、少し鼻声で、八五郎が好きになれる質の人間ではありません。

「お前たちは何処へ行こうというのだ」

八五郎は叔父さん見たいな顔をして見せました。若い二人は親の眼を盗んでここに落合い、手を取合って泣いていた様子です。

「何処へ行こうという当てもございませんが、見す見す生木を割かれて、お組さんを大阪へ嫁入りさせるより、とにもかくにも此処から逃げ出して、当分山の中へでも隠れ、ほとぼりのさめたころ江戸へ帰って、親たちにも詫びをし、親孝行をしようと相談しました」

房吉は代って掻き口説きます。青白くて影が薄い癖に、これはなかなかの口説き上手です。

「そいつは無分別じゃないか。これから先何年経ったら江戸へ帰れるかわからないのに、握り拳で山へ入ったって、団栗や椎の実じゃ命は繋げないぜ」

八五郎はいよいよ叔父さんらしい事を云ってしまいました。自分でも浅ましいと思いながら、その場の空気に引摺られて、妙に分別臭いことを云って見度かったのです。

「それは大丈夫でございます、親分さん。二人は当分困らないくらいのお金は用意しております」

「フーム」

ガラッ八は唸りました。自分の懐ろ具合に比べて、金持の馬鹿息子の気が廻るのに驚いたのでしょう。

「親分さんさえ引受けて下されば、二人は楽にここを脱け出して、どんな苦労をしても添い遂げます」

「俺がイヤだと云ったら何うするんだ」

「その時は死ぬよりほかに思案もございません」

「待ってくれ。死ぬ死ぬと手軽に云うが、そいつは親不孝で勝手で日本一の不心得というものだぜ」

「でも添い遂げられない二人に何んの楽しみも望みもありましょう」

二人は二羽の雛のように、八五郎の前に首を並べて唯もう泣いたり口説いたりするのです。

「弱らせるぜ、おい。俺はまだお前たちのような、そんな馬鹿馬鹿しい人間に逢ったこともないよ」

「それは親分が本当に思い思われる仲を御存じないからで」

「嫌だぜ、おい、どうしてくれるんだ」

　八五郎は、とうとう悲鳴をあげてしまいました。

二

　その日のうちに、平次は手の及ぶ限りの調べをしました。

「八、お前がやって見て、うまく出来るかどうか、こいつは面白いことになるんだ。路地から庇(ひさし)に飛び上がって、二階の窓から入って見てくれないか」

「そいつは良い恰好じゃありませんね、親分」

「大丈夫だよ、昼だもの。誰がお前を泥棒と間違えるものか」

「ヘッ、そんなもんですかね」

　八五郎は路地へ出ると、不承不承にこのむずかしい機械体操をやって見ました。

　二つの死骸は取片付けて、そこにはもう何んにもありませんが、血をうんと吸った日蔭の土からは一種凄惨の気が漂って、あまり良い気持ではありません。

「そら、もう一と息だ。ウンと頑張れ」

平次は下から声を掛けますが、八五郎の腕の力でも、勾配のある庇に這い上がるのは容易の業ではありません。

「こいつは楽じゃありませんよ、親分」

それでもようやく這い上がった八五郎は、埃を叩いたり、手を拭いたりしながら、今になると少しばかり得意そうに、こう四方を睥睨するのでした。

「下手人はお前でないことだけは確かだ。そんな芸当じゃ、間違いなく八五郎親分に捕まった筈だ」

「ヘッ、御冗談で」

そんな事を云いながら八五郎は、窓からバアと二階の廊下に出ました。

「まア、いらっしゃい。お出迎いもしませんで、ホ、ホ、ホ」

これが踊りの師匠のお歌でなくて誰であるものでしょう。その後には、加奈屋の娘お梅が面白そうに笑っているのです。

十七というにしては、少しませた細面で三角な眼、仰向いた鼻、悪戯っ児らしい剽軽さがあって、不縹緻なくせに、滅法可愛らしい娘です。

ゆうべ家中の者が、不寝の番の男まで眠りこけて、容易に眼覚めなかったとは、平次ならずとも不思議に思ったことですが、客には何んの変りもなかったところを見ると、家中の者の飲んだ茶か、惣菜か、そんなものに仕掛けがあったと見なければなりません。

それは併し、茶も惣菜の残りも捨ててしまい、茶碗や箸も洗った後では、何を手掛りに調べようもなかったのです。

昼近くなると、町役人の案内で韮山代官の手代一行がドカドカと乗込んで来ました。事件重大と見ての検屍でしょう。

併し平次の眼から見ると、調べはまことに通り一ぺんのものでした。が、江戸の御用聞の平次では、全く手の下しようのなかった泊り客の荷物の調べは、韮山代官手代と、土地の御用聞の五郎吉の手で、少し強引に、グングン実行されました。

尤も、三通の恋文も、七万両の秘密を包む絵図面も出て来たわけではありません。

その中で一番人目を惹いたのは、平次の隣室に泊っている、秋月某という長身の武士の荷物の中から、血痕斑々たる袷が一枚出て来たことでした。

「これは御手前の品で御座るな」

代官の手代は少し威猛高になりました。

「いかにも」

秋月という浪人者は冷静です。

「この血痕は何うしたことで御座る。一応理由を承りたい」

代官手代は厳しく追究します。

「昨夜、天気模様を見ようと思って、裏口から二た足、三足踏み出して見ましたよ。そのとき足場が悪かったので、ツイ滑って転んだが、多分そんなとき付いた血で御座ろう

――聞けばあの裏口に人殺しがあったそうで」

浪人秋月某は、ケロリとして斯んな事をいうのです。平次は思わず後ろを振り向いてガラッ八と顔を見合せました。ガラッ八が組み付いて、見事な一本背負いを食ったのはこの浪人者だったのです。

「だが、着衣に血の痕があっては捨て置き難い。一応問屋場までお出でが願い度い」

代官手代は一寸も退かずと云い放ちます。

「それは飛んだ迷惑、先を急ぐ旅でな」

秋月某の顔はサッと曇りました。見廻すまでもなく部屋の入口、窓の外まで、夥しい役人が鉄桶の如く堅めております。

「差し出がましゅうございますが、旦那」

平次は静かに口を挾みました。

「何か用事かな」

「血は袷の背中にだけ着いております。下手人でないことは確かで――それにやましいことがあれば、その袷を取捨てる隙もありました」

斯う弁じてくると、袷の背中にベットリ付いた血も、一向不思議のないものになるのでした。

「いかにも尤も、では暫らく預かるとしよう」

代官手代は高名な江戸の御用聞に花を持たせるつもりか、ていねいに挨拶して廊下へ出ました。

それを見送った秋月某の眼には、解くことの出来ない疑問と、皮肉な安堵が交錯しております。

その晩八五郎は、平次の寝息を覗って床の中から這い出しました。宜いあんばいに平次は、大き過ぎるほどの鼾をかいて、石っころのように眠りこけております。

廊下からは、続いて三つずつ妙なリズムで戸を叩く音が聴えますが、八五郎はそれに、合図を返す工夫もありません。

梯子段の上下の有明が、今夜は無事について、あたりをほの明るく照らし出しております。その中へ明るく浮び上がる筈の妖艶な顔を期待している八五郎の鼻は、眼よりも早く、個性のある甘い匂いを意識しておりました。

「お歌師匠」

「シーッ」

芝居の暗闇へ出てくる華魁のような、大きな表情をして、お歌は梯子段の下からせり上がったのです。

「首尾は？」

ガラッ八は釣られ気味にこう囁きました。甘い匂いはお歌の体臭ではなくてこの女の掛け香でしょう。

「馬鹿だね、この人は。素人芝居じゃあるまいし、ウ、フ」

こう肩で笑うお歌です。

「三本の恋文を手に入れる筈じゃなかったのか——それから七万両の絵図面」

「それは鈴木春策という浪人者が持っているのさ。でも、あれは怖いから気をつけて下さい——銭形平次でさえ拙者には尻尾を巻いた——なんて威張っているから」

「癪にさわる野郎だね」

こう抜け駆けをしても、ガラッ八はまだ平次に反くつもりは毛頭ありません。

「でも、その鈴木春策にうんと飲ませておいたら、夜中前にはきっと手洗に起きるに違いない、そこを狙って——」

「シーッ」

今度はガラッ八の大きい指が、危うくお歌の唇へ触れるところでした。

「まア、大きな手」

「静かにするんだ、エテ物は起きて来たぜ」

八五郎はブルンと武者顫いをしました。

「梯子の下に隠れていて、入れ替って入るように——そして」

「どこを捜すんだ——刀の鞘か？」

「飛んでもない、泥鰌はいつも刀の鞘にあるものですか、こんどは帯の中」

「？」

「昼のうちに、男のくせに針を使って居るところを見たんだから間違いはない。乱れ箱の中にある帯を捜って脹れて居るところのくけ目をほぐして――」

お歌は小さい声で早口に説明するのです。

「親分、親分」

「――」

「眼を開いて鼾をかいちゃいけませんよ、親分」

「何んだ、八。もう逢引は済んだのか」

平次は仰向けになったまま、こんな事を云うのです。

「そんな気障なんじゃありませんよ」

「梯子段の下で、女の子と親しそうに話して居たのは、ありゃ逢引じゃなかったのか」

「冗談じゃありませんよ」

「俺はまたせいぜい粋をきかして、狸寝入をやっていたんだ。鼾だって本当らしくやるのは楽じゃないぜ。考えて見ると俺はまだ自分の真物の鼾を聴いたことがなかったよ」

そんな太平楽を云う平次です。

「ちょいと起きて下さいよ親分、大変なことをやりましたよ」

「女の子をどうかしたのか——あの踊りの師匠だけは止すがいいぜ、お前には少しお職過ぎるようだ」

「そんな気楽な話じゃありません。とうとう親分」

八五郎はゴクリと固唾(かたず)を呑みます。

「怖いよ、お前が果し眼になると」

「果し眼にもなりますよ、とうとう目あての恋文を三本手に入れたんですもの」

「何んだと八、何処にそいつがあったんだ」

「鈴木春策という浪人者の帯の中に縫い込んでありましたよ」

「あの浪人者が持っていたというのか、そいつは少しおかしいぞ」

「これですよ」

「どれ見せろ、行燈(あんどん)の灯を掻き立てて、口を此方へ向けるんだ。本当にそれが狙った恋文なら、夜道をかけて今からすぐ江戸へ帰るぜ——そして、俺は今晩たった今から八五郎の子分になる」

「冗談でしょう、親分」

　八五郎は少し照れました。二人で別々に三本の恋文を捜そうとはいいましたが、さすがに親分の平次を負かして、自分が親分になるほどの野心はなかったのです。

「それにしちゃ変だぞ、八」

「？」

「お前に大事の恋文を抜かれて、あの食えそうもない鈴木春策が、黙っている筈はないと思うが――」

　平次は三本の恋文を見ようともせずに、二階の鈴木春策の部屋のあたりを見上げております。

「手洗に降りた隙に奪りましたよ。奴さん知らずにそのまま寝たんでしょう」

　八五郎はどこまでも楽天的でした。

「そんな馬鹿なことがあるものか、あの悪く行届いた鈴木春策が――」

「ともかくも、鑑定して下さい、親分」

「恋文の鑑定か。妙なことになるものだな――おやおや、紙は天地紅の絵半切か、文句と来ちゃ、気の毒だが素面じゃ読めないよ、――それにしても紋切型だな、――筆跡は唐文字を書く手筋だ。武家の箱入娘がこんな無躾(ぶしつけ)な色っぽい文句を書いて宜いものか、悪いものか、ねエ八」

「あっしのせいじゃありませんよ、親分」

「紋日前のけころじゃあるめえし、これが六十一万石の御三家の奥方の書く文句かよ、八」

「あっしのせいじゃありませんよ」

胸倉でも摑みそうな平次の権幕におどろいて、八五郎は飛びのきました。

「誰がお前のせいだと云った。――ね八、俺はかねがね三本の恋文の人相を、事細かに聴いているんだぜ。奥方が若い時、さんざん苦労して、思う男に届けた恋文だ。嵩張(かさば)らないように、雁皮(がんぴ)へ細々と思いの丈けを書いているんだよ。涙の出るような話じゃないか。ところで、お前の持って来たのは何うだ。奉書か鳥の子に書かなかったのが、まだしも見つけものじゃないか」

「ヘエ」

「芝居の色文じゃあるまいし、天地紅の絵半切へ、本物に恋文を書くお姫様がどこの世界にあるものか、その上この甘ったるい文句は何うだ――こいつは『男女和合恋文往来』なんて怪し気な本にある文句をそっくりそのまま写したんだぜ」

「――」

「八、お前は嘗められきっていたんだよ。斯んなものをわざわざ帯の間に縫い込んで、人を釣ろうとした、相手の目論見はどこにあるか、それをよく考えて見るが宜い」

「――」

八五郎はまさに一言もありません。

「相手はお前と、俺の間に水を差そうとした。それがうまく行かないので、今度は偽手紙を使った。何が何んでも、一人を江戸へ帰そうとしているんだ。講釈師の云う反間苦肉の策というやつだよ」

「――」

「こんな際どい芸当をしてお前と俺の間を割こうとしているのはいったい誰だ」

平次は宙を見詰めるように低くはあるが力強く斯う云いました。

「相済みません」

八五郎はピョコリとお辞儀をします。

三

翌る日足留めは解かれて、中村屋に逗留していた旅人は、全部出発しました。

友部源蔵と道中師の吉兵衛を殺した下手人は、まだ捕まったわけではありませんが、犯人が判からないという理由で、いつまでも旅人を留めているわけには行かず、それに加奈屋の主人総右衛門は、何にか重大な権力との関係があったらしく、韮山代官手代と交渉して、厄介な足留めもたった一日で解くことが出来たのです。

陰惨な一昼夜の後、秋晴れの海道筋に放たれた、旅人の心は弾みきっておりました。

「親分、悪くありませんね。日和は良し、路用はふんだんに使えるし、これで綺麗な新造かなんかと一緒だと――」

「馬鹿野郎、そんな心掛けだから、赤とんぼまで嘗めてお前の髷節で逢引しているじゃないか」

「冗談でしょう、あっしの髷の出来がよくたって、トンボの出会茶屋にされちゃ――」

そう言いながら八五郎は、自分の刷毛先を撫でて見たりするのでした。

「そう云えば八、向うへ手頃な新造が行くじゃないか。少しヒネてはいるが、あれなら綺麗でもあるし、第一退屈しなくて宜いぜ」

　平次の指す方――行手の海道筋に、三々五々仲間を拵えて、秋の陽の中を練っている旅人の群と別に、たった一人、思わせ振りなポーズで、乾き切った往来に、やや長い影法師を、くねくねと落しているのは、踊りの師匠のお歌でなくて誰であるのでしょう。

「あ、あの女はいけませんよ」

「たいそう毛嫌いをするんだね」

「毛嫌いをするわけじゃありませんが、あの女と歩いちゃ保養になりませんよ」

　八五郎は大きな手をブルンブルンと振るのでした。

「だがな、八――お前に天地紅の絵半切に書いた『恋の玉章(たまずさ)』の見本見たいなのを三本も摑ませたのはあの女だろう」

「まア、そう云えば左様で」

「それを有難く頂戴して、業腹(ごうはら)だとは思わないのか」

「そりゃ、癪(しゃく)にさわりますがね」

　平次は妙にガラッ八をたきつけます。

「癪にさわるなら、仕返しと云っちゃ悪いが、向うをアッと云わせて見ちゃどうだ」

「へエ――」

「耳を貸しな――汚い耳だ――なんて云やしないよ」

平次はいったい何を仕ようというのでしょう。

「たいそう早い足じゃないか、追い着くのに汗をかいたぜ」

八五郎は追いすがるように、女の肩をポンと叩くのでした。

「あらまア、八兵衛さん」

その近づく足音を意識しながら、最大級の表情とともに、今更らしく振り返るお歌です。

「親の着けた名前があるんだ。その変てこな名だけは正してくれよ」

「でも八兵衛さんといった方が、金持らしくて宜いじゃありませんか」

「ところで、今日は一人旅か」

八五郎は話題を変えました。

「え、可哀想だと思ったら、連れになって下さらない？」

「同行二人か。悪くないが、唯の道連れにしちゃ、お前は綺麗過ぎるよ」

「まアお世辞がよくなったわねエ」

お歌は大業に立止って、娘らしく、袂で打つ真似なんかするのです。清澄な野面の空気の中に、例の掛け香が漂よって、一瞬海道の一角を桃色に薫ずるのでした。

「ところで、加奈屋の同勢と何うして別れたんだ」

八五郎はようやく本題に入ります。

「金持とは付き合いきれませんよ」

「旅籠代を割前で払ったわけじゃあるまいが――」

「まア、何んという悪い口だろう」

「口も根性も悪くなるよ、――ところでお歌師匠」

「何んでしょう。まア、怖い、急に改まったりして」

八五郎の調子は、全く突拍子もなく厳重になりました。

「きのう俺が中村屋の裏路地から、屋根へ這い上がって、二階の窓へ入った時――」

「え、え、変な恰好でしたよ、あの時は」

「俺は冗談をいっているのではないよ」

「――」

八五郎の厳重な顔を、お歌は斜下から見上げました。

「友部源蔵とかいう浪人者を殺した下手人は、あの道を通って二階へ逃げ込んだに相違ないと思ったから、あんな芸当をやって見たのだ」

「——」

「そのとき俺は、庇の上で大変な物を拾ったのだよ、——この櫛だが、見覚えはあるだろう」

「——」

お歌はサッと顔色を変えました。八五郎の掌の中には、鼈甲の小さい櫛が一つ、桔梗の金蒔絵が秋の陽に燬として輝くのです。

「それが私のだとしたら？　八五郎親分」

「——」

八五郎は黙ってお歌の顔を見詰めました。大きく見開いた眼、霞む眉、少し下脹れの豊かな頬、驚きと媚とを突き交ぜたように、心持開いた唇が、美しい曲線を描いて、何やら相手に言葉のない訴えを囁いているのです。

「尤も、どこへ振り落したか、ちっとも気が付かない——誰かに盗られたのかも知れないけれど」

　そんな事を、独り言のようにいいながら少し反り身のまま、自分の頭へ斯う――後に懐月堂安度が用いた、美しい姿態で手をやったりするのでした。

「そんな気になるなら、この櫛はお前に返してやっても宜い」

　それほど大切な証拠を、八五郎は何んの惜気もなく、お歌の手の上にそっと載せてやるのでした。

「まア、返して下さるの。有難う、恩に着るワ。二階の窓から下を覗いたとき、独りで抜け落ちたのかも知れないけれど」

「庇は板屋根だぜ、櫛が抜け落ちれば、大きな音がする筈だ。それに気が付かなかったのか」

「え、ちっとも。随分うっかり者ねえ。田舎の目明しなんかの手に入ったら、こんなものでも、厄介な云い掛りの種になるかも知れませんわ」

　そう云いながらお歌は、懐ろ紙で櫛を拭いて、ざっと陽に透して、自分の頭へ差すのでした。

「ところで、もう一つお前に返す物があるんだが――」

「これだよ」

八五郎が懐ろから出したのは、天地紅の絵半切に書いた、三本の恋文。そいつを掌でピタピタ叩いて、至極安値に取扱いながら続けるのでした。

「せっかくお前の手引で、あの浪人者の帯から抜いたが、こいつはわけがあっていらない事になったよ。筆跡も見事だし、第一文が良いから、お前が恋文を書く時のお手本になるかも知れない、取って置くがいい」

お歌の胸のあたりへ、件の艶めく三本を突きつけて、八五郎はもう一と言続けるのでした。

「――これでお前と俺は貸し借りなしだよ。口説くんでも喧嘩でも、相対ずくで始められるというものだ、なアお歌師匠」

しばらくは黙ってそれを見ていたお歌は、ややあって、

「私に？」

「矢っ張りねエ」

思いの外しんみり受けました。

「何を感に堪えているんだ。これが真物だった日にゃ、銭形の親分は昨夜のうちに江戸

に引っ返しているよ」

　八五郎はまくし立てます。

「私もそんな事じゃないかと思って、先刻から心配していたんだけれど」

「後ろから見ていると、心配や屈託のある所作じゃなかったぜ、おい」

「あの煮ても焼いても喰えそうもない御浪人が、下手な謡なんか唸りながら、加奈屋の同勢の後から済まして行くじゃありませんか」

　お歌は八五郎の機嫌に構わず、自分の云いたいだけのことを云うのでした。

「ところで、お前の狙っている七万両の絵図面はどうなったんだ。この様子で行くと明後日は、嫌でも応でも箱根にかかるぜ」

「それですよ、八親分」

　お歌は少し足を淀めながら、この女にこんな片面があるかと思うほど、恐ろしく突き詰めた調子で続けるのでした。

「何がそれなんだ」

「まア、そうポンポン言わずに、私のいうことを聴いて下さいよ、——私はいったい皆さんの狙っている三本の恋文とやらには何んの関わりもなく、そんなものを欲しいとも思やしません。ただ生れつきの私の早耳で聴き出した上、昨夜の鈴木さんの様子が変なので、八親分に教えて上げたまでじゃありませんか」

「――」

それは明かに単なる弁解と知りつつもこの女の口から聴くと、何にか知ら尤もらしい理屈が付いて、不思議に人を引入れるのです。

「私の狙っているのは、七万両の隠し場所を教える絵図面、それに変りはありゃしません。友部源蔵が持っていたのを、いったい誰が奪ったでしょう――教えて下さいよ、八親分。銭形の親分にそれくらいの見当が付いてない筈はないんだから、八親分だって、ちっとは匂いくらいは嗅いでいるんでしょう、ね」

お歌は明るい朝の陽も、海道筋の人目もはばからず、肩から、斯うグイグイと並んで歩く八五郎の肱のあたりを突くのです。

「犬じゃあるめえし、そんな匂いなんか嗅ぐものか、――ところでお前の方にも何んか心当りはあるだろう。そうして済まして旅を続けているんだもの、まさか獲物の見当も付けずに、東海道の埃を意気な髱までハネ上げるお歌姐さんじゃあるめえ」

「実は大ありよ、八親分」

二人はいつの間にやら海道から左へきれて、千本杉の深い林の中を、誰が誘うともなく辿(たど)っておりましたが、

「この辺で一と休みとしようか。うっかり行き過ぎて、バアと鎌倉街道へ出たりすると大変だ」

八五郎は林の外の、稲叢(いなむら)の蔭へドタリと腰をおろしました。

その側へ、ちんまりと坐ってお歌、

「在郷娘の逢引という恰好ね、ちょいと嬉しくはない」

そんな事を云って、浄瑠璃(じょうるり)語りと三味線弾きのように、肩と肩を八文字に並べるのでした。

「ところで、早くその話を聴こうじゃないか。三本の恋文でも、七万両の絵図面でも宜い、いったいそれは誰が持っている見当なんだ」

八五郎はまだそんな事ばかり気にしております。

「最初から話しましょうよ、――実はあの晩友部源蔵を裏口へ誘い出したのは、この私なんです」

「何？　お前が――」

「まア、そんなに感服しちゃ二の句が継げないじゃありませんか。友部源蔵という御浪人は、あんな頑固な皮を冠っているくせに、妙に色気があるんだから、私から誘いさえすれば、そりゃもう文句はありませんよ、ウ、フ」

「――」

この女の含み笑いは、相変らず人を焦立たせます。

「――実は、同じ部屋にいる、鈴木春策に聞かせたくなかったんです。三本の恋文なんか、私には入用のないものだけれど、七万両の絵図面は、どんな事をしても取り還さなきゃなりません」

「やっぱり刀の鞘に入れてあったのか」

「それはわかりません。ともかく、あの面でさんざん私を口説き廻した挙句の果てに奪った絵図面だから、話の持ちかけようでは、どうにでも成ると見込んだんです」

「どうにでもなったのか」

「成りましたよ。あの馬鹿力で抱きすくめられて、声を立てるわけにも行かず、本当にどうなる事かと思っていると、ちょうどいい具合に裏口へ顔を出した者がありました」

「――ム、誰だい、それは」

「それがわかれば、憚りながら七万両一人占めにするんだけれど」

「七万両の夢はともかく、それからどうした」

「私は誰にも顔を見られたくなかったし、友部源蔵の腕から免れたい一心で、いきなり庇に飛び付きましたよ。でっかい踏台があるんですもの踊りの呼吸で、そんな事はわけもありません」

親分の平次が授けた、鼈甲の櫛の禁呪はお歌にここまで口を開かせたのです。八五郎はその予想外な話の発展に胆をつぶしながらも、素知らぬ顔で先を促しました。

「それから庇伝いに、二階の窓から入ったというのだろう」

「え、だから、櫛くらいは落すわけじゃありませんか」

「それからどうした」

弁解はともかく、八五郎はその先が聴きたかったのです。

「外には月がありましたね。町は昼のように明るいのに、あの路地の暗さと来ては、鼻をつままれてもわからなかったでしょう。私は二階の窓から暫らく見ていたけれど、何んにも見えはしません、それっきり諦めて引込んでしまいましたよ。友部源蔵はあのまま手綱をつけて置けばいつかはモノになると見当をつけたんです。その晩、いえ、あれからすぐ殺されようとは、夢にも思やしません」

お歌はここまで説明して、ホッとなった様子です。江戸の御用聞の八五郎――いかに人間が甘そうであろうとも、背後には銭形平次という凄いのが付いて居るのですから、この男に変に思われることは、お歌に取っては容易ならぬことだったのです。

「ところで、後から裏口へ出た人間の見当くらいはつくだろう」

「それがわからないから不思議じゃありませんか」

「あの秋月とかいう、背の高い浪人者かな」

「飛んでもない、死骸に尻餅をつくようなそんな半間な人間に、暗がりで鞘まで割るような行届いた芸当が出来るものですか」

「――」

「私は妙なことを考えて居るんですよ、八親分」

「妙なこと?」

「三本の恋文も、七万両の絵図面も、思いもよらぬ人が持っているような気がするんです――その人の名を云う前に、八親分」

「何んだ」

「此方を向いて下さいよ。ぼんのくぼへ物を言って居ちゃ、張合いがなさ過ぎるじゃありませんか」

「こうかい」

「まア、長いお顔」

「馬鹿にするな」

「あ、悪気で言ったんじゃありませんよ。勘弁して下さいよ、八親分。ちょいと」

お歌の手はいきなり八五郎の膝にかかると、精いっぱい――自分の身体と一緒にそれを揺ぶるのです。いやもうその悩ましい事――。

「シーッ」

いきなり八五郎は団扇のようなでっかい手を振りました。二つ並んだ稲叢の向う側に、風もないのに、何にかゴソリと音がしたのです。

「ちょいと、お前さんは飛んだ臆病ね。八親分、いいえ、八兵衛さん――その三本の恋文と、七万両の絵図面を持っている人の名、思いきって云ってしまいますよ」

櫛を拾われた照れ隠しか、それとも三本の偽文をつかませた償いか、お歌は執拗にガラッ八へ絡みつくのでした。

「待ちなよ、――どうも気になってならない。ちょいと覗いて来るから」

お歌の手を払いのけるように、八五郎は立ち上がりました。と同時に、

「ウハッハッ、ハッハッハッ」

秋空一パイに響きわたる馬鹿笑いとともに、隣りの稲叢の蔭に、ヌッと突っ立った者があります。云うまでもなく、浪人鈴木春策(しゅんさく)。

「――いや、面白かったぞ。飛んだ濡れ場だ、木戸銭を出しても宜い。その先をつづけてくれ、頼むぜ」

「まア、何時から、お前さん」

「この世の始まりから此処にいるよ――ところで、大事のところで腰を折ったが、その三本の恋文と七万両の絵図面を持っている奴の名を聴かしてくれ」

鈴木春策はノッソリと近づくと、二人の前に肩肘(かたひじ)を張って立ちはだかるのでした。

「まア、二本差の癖に、何んて恥っ掻きだろう。色事の話を立ち聴きなんかして」

お歌は以てのほかの機嫌です。

「怒るな、稲叢の蔭の日向(ひなた)ぼっこは、俺の方が先客だよ」

「何んだってまたこんなところに――」

「千本杉へフラフラと入ったお前たちが、いずれこの辺に落着くだろうと思って、先をくぐったのだ、——ところでそこの顎の長んがい奴」

鈴木春策は、ガラッ八の髷節のあたりを睨み据えました。

「何をッ」

ガラッ八は、お歌の手前少しばかり虚勢を張ります。

「昨夜、この鈴木春策の部屋へ入ったのは誰だ。十手なんかを捻くり廻しても驚くことじゃないぞ、帯の縫目までほどく野郎は枕捜しといわれても文句はあるまい。どうだ顎の長んがいの——いやさ岡っ引」

「——」

ガラッ八はまさにグウの音も出ません。

「ところで御両人、今の話の続きを承わろうではないか。三本の恋文と七万両の絵図面、それをいったい誰が持っているというのだ」

鈴木春策は小さい身体を精いっぱいに大きく見せるつもりか、少し反り身に、肩肘を張ってニヤリニヤリといつまでも二人の前に突っ立っているのです。

「お生憎様、お前さんに聴かせるような話じゃございませんよ。ほんの内証事さ」

お歌は空嘯いております。凡そ食えそうもない鈴木春策も、この女には二目も三目も置いている様子でした。

「その内証事が聴きたいのだよ、三本の恋文と――」

「七万両の絵図面でしょう。冗談じゃない、お気の毒だが手を引いて貰いましょうよ。お前さんは昔から、この私を口説いてモノになった例がないじゃありませんか」

「何んだと？」

鈴木春策は少し気色ばみました。お歌の言い草はいかにも傍若無人です。

「さア、そこを退いて貰いましょう、――お姫様のお通りさ――ちょいと八親分、手を引いて下さいな」

「――」

稲叢の中に深々とめり込んだお歌は、ぼんやりしている八五郎の方へ、こう泳ぐように両手を突き伸ばすのです。

「何を遠慮しているのさ、八親分。いえさ八さん――女の子の手を引いたって、噛み付きゃしませんよ」

「よし来た」

八五郎はいきり立ちました。まさに何うともなれといった姿です。

「あれ、汚い色男ね、手に唾なんか付けて」

「文句を云うなよ、それ」

掌の中でトロリと溶けそうな女の凝脂を感じながら、八五郎はお歌を稲叢の中から引起しました。肩から裾へかけて、一杯にかぶったのは、浅ましい藁埃です。

「まア、埃まで払って下さるの、八親分は飛んだ親切者ねエ。それに比べると人斬庖丁をひねくり廻して、その辺中を睨め廻している人の器量の悪さったら」

「何んとでもいいえ、今に思い知らせるから」

鈴木春策はクルリと背を向けました。この女には、妙に敵し難いところがある様子です。

「ちょいと、教えて上げましょうか、三本の恋文と七万両の絵図面を持っている人の名を」

「もう宜い――お前は鈴木春策というつもりだろう、――その術はもう古いぞ」

まさに銭形平次も一度この術でやられたのです。

小田原泊り

一

海道筋はその日も美しい秋晴れでした。

五十三次を揉んで上る人々は、三本の恋文を追って、いったい何処まで行くつもりでしょう。

恋文はもう二人の命を断ちました。この後まだ、幾人の犠牲を要求することか名古屋までは道が遠過ぎます。——せめて箱根までの間に——銭形平次はそんな事を考えておりました。

八五郎は何処へ外れたか、まだ姿も見ません。お歌と噛み合っては、ろくな事はあるまいが、本人は一ぱし手柄争いのつもりだから、——平次はそんな事も考えておりました。

黄色い稲田、ほんの少しばかり紅いものを交えた山々、ぼんのくぼに陽は暖かく射して、馬の鈴、遠い馬子唄、追っ立てるような早駕籠（はやかご）の掛け声、――そんな景物の中を、銭形平次は、心静かに辿っていたのです。

戸塚から藤沢へ一里三十丁、藤沢から平塚へ三里十八丁、そのあいだに馬入川の舟渡しが十文、ここで昼飯にしようか、そんな事を考えている平次の後ろから、

「平次殿、暫らく待たれい」

恐ろしく改まった声を掛けた者があります。

「――」

ひょいと振り返ると、一昨日平次に喧嘩を売った、秋月某という長身の武家。

「平次殿、御手間は取らせない」

小腰を屈（かが）めて、御家老様に御挨拶しているような、恐ろしく古文真宝な顔をしているのでした。

「あっしで？」

平次は気軽に振り向きました。

年の頃三十二、三、白日の下で見ると延び過ぎた月代（さかやき）も、すぐれた長身も、七つ下がりの羽二重も、妙にこの浪人者の印象を強烈にして、尾羽打ち枯らしたうちにも、不思

議な気高さと、落ちぶれ果てた美男の痛々しさがあります。

「何にか御用で？」

平次は立ち止りました。相手の慇懃（いんぎん）な態度を見ると、一昨日の仕返しをするものとも思われません。

「先日は飛んだ無礼をいたした。平次殿と知る由もなく、拙者の仇敵とばかり思い込んで――危ないことで御座った」

この浪人者は、平次の出よう一つでは一昨日は斬りかけるつもりでいたのでしょう。

「で、御用と仰しゃるのは？」

平次は重ねて問いました。妙にくすぐったい心持です。

「高名なる銭形の平次殿とも存ぜず、一昨日は、飛んだ無礼を仕った。平に御容赦に預りたい」

秋月某は、海道筋でなかったら、土下座もしかねまじき有様で、二つ折になるほどていねいに腰を屈めるのです。正直過ぎるのか、人を馬鹿にしているのか、平次にもしばらくは見当も付きません。

「飛んでもない、そんな挨拶をされると受け答えが出来なくなりますよ」

高名なる――銭形平次殿は、二つ三つつづけ様にお辞儀を返して、首筋の冷汗を拭いております。

「――それにも拘わらず、一昨夜は危急の場合をお救い下され、何んとも御礼の申し様もない。御察しの通り拙者は、あのとき死骸の上に倒れただけで――」

「わかっていますよ、御武家。ところで御用と仰しゃるのは、それだけですか」

平次は先を促しました。この気の長そうな武家と、付き合っていると、先へ行く加奈屋の一行の姿を見失いそうになるのです。

「いや、一応の詫を申し上げた上改めて御願いの筋が御座る」

「ヘエ――」

「聊か他聞を憚るが――」

「大丈夫ですよ、この通り野面の見通しで、唐紙も衝立もありゃしません。立ち聴きしているのは案山子くらいのもので」

「左様か、では申上げる――実は拙者仔細あって、加奈屋の一行の誰かが所持している三通の密書を奪い還すため、この旅をいたして居る者で御座るが――」

「――」

銭形平次はハッと息を呑みました。予期した事ではあるが、ここにもまた一人、三本の恋文を狙っている者があったのです。尤も三通の恋文と云わずに三通の密書というところに、素姓と人柄の良さがあり、同じく二本差でも、友部源蔵や、鈴木春策とは、違った世界に住んでいることだけは確かです。

「──その三通の密書を、拙者の旧友有沢金之助を討って奪い取り、名古屋まで持込んで一と騒動を企らもうとして居る者が御座る──」

秋月某は素朴な調子で、三本の恋文に纏わるいろいろの事情を説明して斯うつづけました。

「──さる大藩の安泰のため、一つはまた人にすぐれた美しい女人のために、その三通の密書を奪い還す助勢をして頂きたい。高名な銭形平次殿と承わって折入っての願いで御座る」

と、折入っての頼みだったのです。

「──」

平次は黙って相手の顔を見詰めました、しばらくは挨拶のしようもありません。

「平次殿、御貴殿の明智で、三通の密書を奪い返しては頂けまいか。拙者では誰が所持しているやの見当も付かず、江戸からここまで、加奈屋の一行を追って参ったものの、ことごとく閉口いたして御座る」

訴える眼の正直さ、平次は妙にこの長身の若い武家に心ひかれます。

「その三本の密書とやらを、奪い還して何うなさろうというつもりです」

平次はもう一度疑って見ました。この正直そうな浪人者も、鈴木春策と同様、三本の恋文を、尾州の御内室御由良様に売り付ける気でいるのかもわからないのです。

「三通の密書を、悪者の手から奪い還し禍（わざわい）の根を断てばそれで十分で御座る。拙者の手許まで返すには及ばず、即座にお焼棄て下すっても宜しゅう御座るが――」

その気なら、この浪人者を味方に入れても、たいした間違いはなさそうです。

「ところで平次殿、拙者一代の恥を申上げるが――」

秋月某はそっと額の汗を拭くのでした。

「恥？　と仰しゃると」

「戸塚の中村屋の裏口で、友部源蔵が斬られたとき、拙者は曲者の後につづいてあの路地に飛び出し、滑って転んで死骸の上に倒れたことはお察しの通りでござるが、あの時フト死骸の懐ろに手を入れ、引出したのはこの紙入――」

秋月某は大きな紙入を一つ、内懐中から出して平次に見せるのです。存外に野暮な大一番のでっかい品で、

「中には三通の密書と思いきや、世にも不思議な絵図面が一枚と、鼻紙が少々入っているだけ、その絵図面を畳込んだ袋の上書きに、『極秘、大久保石見守長安花押、石見守子々孫々に伝うるもの也、血縁の者以外は披見無用』と書いてあるのだが――」

「――」

銭形平次も驚きました。これがもし七万両の秘密を包む絵図面だとしたら、あの出目らしいお歌の云うことも、満ざら嘘ではないということになります。

「如何であろう、平次殿。この紙入を御預かり下さらぬか。死人の懐ろに手を入れたばかりでなく、その大事の品を奪い取ったかたちで、過ちとは申しながら、拙者はこれを所持すると、懐中に火焔を抱くような異な心持で御座るよ」

秋月某は、怨めしそうに自分の掌の中の紙入を眺めるのでした。

平塚で中食をして居るところへ、八五郎は追いつきました。

「親分、ひどい目にあいましたよ」

「何がひどい目なんだ、お歌に絡みつかれて、骨までグニャグニャになったんだろう」

平次は縁台の上で、秋の陽を背中一ぱい浴びながら、悠悠と渋茶を呑みながら、旅人の動きを眺めております。

「絡み付いたのがお歌ならまだ宜いが、あの浪人者ですよ、鈴木春策とかいう」

「成程そいつはお歌よりも始末が悪かろう。尤も俺の方は秋月とかいう、恐ろしく融通のきかないのに絡みつかれたが」

「で、何んかありましたか、三本の色文の匂いか何んか」

「俺とお前は手柄競べをする筈じゃなかったのか」

「へッ、あれはもう止しましたよ。考えて見ると、どうも親分には勝てそうもない」

「馬鹿野郎ッ」

「わッ」

「驚くなよ、お茶をブッかけたのは野良犬だ――見ろ、怨めしそうに飛んで行くじゃないか。ところで、お歌の方の脈はどうだ」

「へッ、脈は大ありで。ドキンと来ましたよ、ウへッ」

「馬鹿だなア、今度は、お前の頭から水をブッかけるよ」

二人は相変らずこんな調子で話を運びました。

「で、お歌は云うんですよ、三本の色文はどう考えても、加奈屋の主人総右衛門が持っているに違いない――と」

「フーム」

平次も唸りました。お歌も鈴木春策も、秋月某も持っていなければ、三本の恋文はなるほど加奈屋総右衛門が持っていると見なければなりません。

「お歌はこう云うんです――加奈屋総右衛門は尾州家御部屋様の口添えで出入り商人になった人間だ。三本の色文を本国へ持込んで、奥方と若様を蹴落すのは、総右衛門のほかにはない。鈴木春策の手に入れば、まごまごしている筈はなく、すぐ様江戸へ持って行って、高い方へ売り込むにきまっている――と」

「フーム、俺もそんな事を考えて居るよ。それがお歌の智恵なら、あの女は全く食えないな」

「食えるか食えないか知りませんが、恐ろしく色っぽく持ちかけますよ」

「馬鹿だなア、涎を拭きなよ、見っともない――ところで一つ面白いことがあるんだ」

平次は急に真面目になりました。

「あら、八親分、待っていて下すったの。嬉しいわねエ」

なよなよと来るは、踊りの師匠お歌でした。平塚から大磯へ二十六丁、この長い長い花道を、曽我(そが)物語から抜け出した、昔々の美女のような心持で、品を作ったり、見栄をきったり、旅人を物色したり、心行くまで楽しみながら歩いているお歌だったのです。

「待って居たわけじゃねえ。景色を眺めていたのさ」

「嘘を仰しゃいよ、私の顔を見ると急に立ち上がって、頬(ほほ)の紐が二三本ゆるんだじゃありませんか、――待人来る――という図よ、ウフ」

またしても妖しい含み笑い、海道筋に桃色の霞(かすみ)が立ちそうです。

「ところで師匠」

「ハイハイ――これじゃ口説くきっかけにはなりませんねえ、――なアに――八さん――と斯う来なくちゃ」

「所作事(しょさごと)は止してくれよ。人様が立ち止って見ているじゃないか」

「見せつけてやりましょうよ。お立会の衆に晩は二百ずつ損をさせる覚悟で」

「止さないかよ、馬鹿馬鹿しい。話は真剣なんだぜ」

「まア、怖い顔、顎(あご)が急に短かくなって」

「怒るよ本当に、際限のない」

「ハイハイ」

「お前が追っ駆けている、『七万両の絵図面』が見付かったんだ」

「えッ、――嘘(うそ)でしょう、ほらこの顔が笑い出しそうにして居るじゃありませんか」

お歌はいきなり指を挙げて、八五郎の頬をちょいと突くのです。

「嘘なものか、絵図面は畳んで袋に入って、その上に『大久保石見守長安、子々孫々に伝うるもの也、血縁の者以外は披見無用』と書いてあることまで知っているんだ」

「えッ、それは何処に、八さん。いえ、八親分、お願いだから教えて下さいよ」

お歌は急に真面目になりました。今までのふざけきった態度から、ガラリと変って八五郎に飛び付いて、その胸倉くらいは摑みそうにするのです。

「友部源蔵の懐中から見付けたのだよ。今はさる人が持って居るが――」

「銭形の親分？　そうでしょう、あの方でもなくちゃ――」

「いや違う、親分ではないが、ともかく確かにある人が持っているが、三本の恋文を持って来たら、引換(ひきか)えにその絵図面を渡してやろうと云うのだ」

ガラッ八は大変なことを云い出しました。

その晩は小田原の虎屋泊り。

今度は入れ替ったように、玉屋の一行は二階で、加奈屋の同勢は階下、浪人秋月某はどこへ行ったか判らず。平次と八五郎は、我儘を云って、出口に一番近い――この上もなく騒々しい六畳に納まりました。

「親分、こんな部屋じゃ、うるさくて寝付かれませんね」

八五郎は宵のうちから悲鳴をあげております。

「贅沢を云うな、どうせ大した茶代の出る客じゃない」

八五郎は首を縮めて、ペロリと舌を出しました。貧乏慣れた姿です。

「――ところで親分」

「何んだ、うるさいな。お湿りが欲しいという謎か、いやに絡み付くようだが」

「それもありますがね」

「いやに正直だな、一本つけさせるが宜い。その代り粉を吹いたような飯盛を呼んで、夜更けまで騒ぐのは、御免だよ」

「そんな気障なんじゃありませんよ」

ガラッ八はそう云いながら、ポンポンと器用に手を鳴らしました。

「へエ――」

廊下ですぐ返事をして、障子を開けてソロリと滑り込んだのは、例の粉を吹いたような女と思いきや、湯上がりらしい抜群の美色、わざと薫ずるばかりの素顔を見せた、踊りの師匠のお歌だったのです。

「お歌師匠か、悪い洒落だぜ」

「あら、八親分、野暮はいわないものよ。私で勤まる御用なら、承わろうじゃありませんか」

「女の顔が見たいわけじゃない。こちとらは酒が欲しいんだよ」

八五郎は少し不愛想でした。斯うでもしなければ、お歌は無遠慮に坐り込みそうな様子だったのです。

「まア、お易い御用ねえ。御酒なら私の部屋に用意がしてありますよ。その辺から垢脱けのしたのを生捕って、随分ゆっくり飲んでいらっしゃいよ。勘定なんて野暮なものは、八親分に心配をかけるものですか」

「そいつは折角だが御免蒙ろうよ、女に達引かしちゃ――」

「祖先のこんにゃく屋に済まないと仰しゃるんでしょう」

「馬鹿にしちゃいけねえ」

「でも、私の頼みなら宜いでしょう。私はここで、銭形の親分に差しでお願いしたいことがあるんですよ」

お歌はいつの間にやら、平次と八五郎の間へ、ヘタヘタと坐り込んでしまいました。湯に蒸されて、桃色に薫じた頬から襟から、手足から、妖しき魅惑を発散させて、お歌の悩ましさは一入猛烈です。

「ね、八親分、八さん。えッ面倒くさい八兵衛さん」

「止さないか、馬鹿馬鹿しい。お前に凭れられると、浮気の虫がうつるよ」

ガラッ八は敗けてはいません。少しは意地になっている様子です。

「浮気のうつるより、野暮のうつるのが怖いんですとさ、ね八親分」

「何んだ」

「ちょいと席を外して下さいよ——なんぼ私は摺れっ枯らしでも、人様の見ている前じゃ銭形の親分を口説けないじゃありませんか」

「勝手にしやがれ」

ガラッ八はプイと起き上がりました。腹を立てたわけではなく、親分の銭形平次の顔の色を読んだのです。

「まア、粋をきかして下さるの、有難いわねえ」

そんな取って付けたような世辞を背に聴いて、八五郎は廊下に出ておりました。

その後ろ姿を見送って、お歌はいきなり平次の膝に手を置くのでした。

「ね、銭形の親分」

「――」

平次は黙って、火の消えた煙管を噛んでおります。相手が何う出るか、それを待っている興味に陶酔している様子です。

「親分さんは、私の云うことを聴いて下さるでしょうね」

「聴くとも――云って見るが宜い、大抵のことなら敵に背後を見せないよ――まさか金を貸せという気遣いはあるまい」

「まア有難いわねエ、それでこそ銭形の親分――」

「おだてちゃいけない。世辞を抜きにして一と思いに白状しちゃどうだ」

お歌は半身を平次に凭せて、斯う膝で楫を取って、グイグイと揺すぶるのです。

「申しますよ、――御存じの七万両の絵図面、あれは誰が持っているんです」

「知らないよ」

「あら、嘘ばっかり」

お歌の膝はまた一つ、大きく揺れました。

「本当だったら、何うしようというのだ」

「八五郎親分はあんなに仰しゃるけれど、何処まで本当にして宜いか、私には見当もつきません。本当に絵図面はあるんですかね、銭形の親分」

「あるとも、大ありだよ。確(たし)かな人がポッポで暖ためているんだ」

平次は人事のように云うのでした。

「平次親分のような確かな人が――」

お歌は先を潜りました。

「まア、そう思っているが宜い」

「でも意地悪をなさらずに、私へ返して下さるでしょうね。銭形の親分」

お歌はいつの間にやら、平次の膝に半身を託して、駄々児のように鼻を鳴らして居るのでした。フト掛け香が匂います。

「いずれ返すだろうが、その代り三本の恋文――」

「それは八五郎親分から聴きましたよ――でも、私は三本の恋文とやらを持っている筈はなし、難題を仰しゃっても無理じゃありませんか」

「いや、三本の恋文は、お前の手の届くところにある筈だ。あの晩友部源蔵の刀の鞘を割ったのは、鈴木春策でなければ、加奈屋の主人、でなければお前だ」

「まア」

「庇に櫛を落したお前が、一番臭いと俺は思って居るよ。どうだお歌師匠、この見当は当ったろう」

平次は一気に言って退けました。

「まア、銭形の親分の前ですが、その八卦は大外れよ。私が持っていさえすれば、何で糸目をつけるものですか、百両になるか五十両になるか知らないが、多寡が椎茸髱の書いた御家流の恋文でしょう。そんなものは入要なら器用に熨火をつけて差上げますよ、――私の絵図面ははばかりながら七万両の――」

「もうたくさんだ、同じ夢を見るなら、デッカイ方が張合いがあって良かろう。何んだって七十万両と持ちかけなかったんだ」

「まア、銭形の親分は何処までも茶かしておいでねえ」

「そんな話を真に受けちゃ、朱房の十手が錆びるとよ」

「フ、フ、フ、フ」

お歌は相変らず、妖しく悩ましい含み笑いをするのです。

「なア、お歌師匠、旅は道連れだ。その三本の恋文を、器用に手に入れてはくれないか」

「そうね」

「七万両の絵図面は、それと引換えに渡してやろうよ」

平次は女をそっと向うへ押しやって、煙草盆を引寄せるのでした。

二

平次とお歌が、鎬を削っている頃、ガラッ八の八五郎は、臆面もなくお歌の部屋へ入っておりました。

お歌が云った通り、まさに酒も肴もあって、鉄瓶の湯もよく沸っております。

「畜生、うまくやってやがるぜ」

八五郎は独り言を云いながら、ともかくも猪口を取りました。戸塚の宿では加奈屋の娘と同じ部屋に泊っていたお歌が、小田原で一人ぼっちになったのは、何にかわけのありそうなことですが、ガラッ八はそんなことの詮索よりは、徳利の中味の方に全注意を奪われていたのです。

「御免下さい」

障子の外から若々しい女の声が――

「誰だい」

「――」

黙って五六寸開いた障子の隙間から、可愛らしい顔を半分出したのは、玉屋の娘のお組でした。

「何んか用事かい、お組さん」

ガラッ八は太平楽を極め込んでおります。相手が人見知りさえしなかったら、ずいぶん引入れて酌くらいはさせ兼ねない仁体です。

「あのお願いですが」

「小さい声だなア、そこじゃ話が解らない。ズイと入るが宜い」

「あの――」

娘はまだモジモジして居ります。用事があるけれど、うっかりこの男の傍へ寄ると首っ玉へ噛り付かれるかも知れないと云った、娘らしい途方もない警戒心が先に立つのでしょう。

「其方から来なきゃ、此方から行くよ。そら、これで宜かろう。さア話してくれ」

お膳と徳利を運んで、八五郎はその長んがい顎を敷居際まで持って行くのでした。

「あの、親分さんを見込んで、後生一生のお願いですが」

お組はそう云って、モジモジと袂を持ち扱ったり、自分の胸を抱き締めたり、やがて可愛らしい掌を合せて、何んとあの顎の下から八五郎を拝むのでした。

「止してくれよ、拝んだって後光が射すわけじゃねえ」

八五郎も照れ臭い額を撫でております。

「昨夜もお願いしました。この儘上方へ行くことになると、私は生きていません。お願いですから」

「此処から逃がしてくれというのだろう。それはわかっているが、昨夜と違って今晩は足留めも何んにもないから、逃げたと知れると、すぐ追手がかかるぜ」

「ですから、親分さんのお力で」

お組は云い難そうに、身体をモジモジさせながら、袂の下で斯う掌を合せたりするのです。

「ここで追手を引受けて、斬死すると華々しいが、そいつは少し困るなお組さん」

緋縅（ひおどし）の鎧（よろい）、全身針鼠になった、大童の若武者姿を、八五郎は想像していたのでしょう。

「そんな大袈裟（おおげさ）なんじゃございません。ほんのちょいと、身替りになって頂ければ――」

「身替りの贋首（がんくび）というやつかい、そいつも有難くないぜ」

八五郎は蚊（か）でも叩くように、自分の首筋を平手でビシャリと叩いて見せました。このガン首ではあまり贋ものが引立ちそうもなかったのです。

「いえ、そっと、あの方と入れ替って頂けば宜いんで」

「あの方？」

「房吉さんは見張られているんです――番頭の嘉平さんと鳶頭（かしら）の長五郎さんが、若旦那の房吉さんの床を中に挟んで休んでいますから、脱け出すことなどは思いも寄りません」

「フーム」

「脱け出したとしても、すぐ追手がかかるのは眼に見えております。それで」

「で――」

「若旦那が手洗に起きたとき、親分さんが入れ替って、そっと若旦那の床へ帰り、夜の明けるまで若旦那になりすましていらっしゃれば、私と若旦那が逃げ出してもしばらくは追手がかかりません」

「なるほど」

「その間に私と若旦那の房吉さんは、二里でも三里でも逃げのびられます」

「そいつはお前と若旦那には都合がよかろうが、翌る朝見付かった時、この俺はどうなるんだ。――夜が明けた、番頭と鳶頭の間へ寝ていたのが、若旦那でなかったとすると、これは話が面倒になるぜ」

八五郎もそこまでは考えました。

「大丈夫でございますよ、親分さん。番頭や鳶頭は、十手を持った方を鬼のように怖がっていますし――」

「番頭や鳶頭はそれで宜いとしても、俺は引っ込みが付かなくなるぜ――狐に化かされたと云ったところで、人の寝床へ入っていたら云い訳にはなるまい――」

「寝ぼけたことになされば？」

「そんな術もあるだろうが、――少し器量は悪いなア」

だがしかし我がガラッ八の八五郎は、若い娘の真剣な申し出でを、断わりきるほどの強気な男ではなかったのです。

それはもう宵というにしては遅過ぎる頃でした。平次の部屋に入り込んだお歌は、何を粘っているのか、容易に帰らず、八五郎はお組に口説き落されて、手洗に起きた房吉と入れ替りに、加奈屋の借りきった三間のうち、一番手前の八畳に滑り込みました。

廊下の有明が薄暗い上に、早寝の番頭と鳶頭は寝入端らしく、誰もこの替玉に気が付かず、ガラッ八は首尾よく三つ並んだ床の、真ん中へソッともぐり込んだのです。

その間に房吉とお組は、手を取り合わぬばかりに、平次の部屋の前を通って、表口から夜の街へ、何んの苦もなく飛び出してしまいました。

それっきりで暁方まで誰も気が付かなければ、房吉とお組は予定通り三里でも五里でも逃げのびたことでしょう。が、事件は妙なところに破綻を孕んで、たった一刻の後には、小田原の町中が、坩堝に投げ込まれたような騒ぎを始めることになってしまいました。

それは先ず、八五郎の猛烈なイビキでした。鋸の目立てに、石臼をけしかけたような物凄い？　抑揚頓挫があって、ていねいに旋律の入った古渡りのイビキが始まると、第一番先に、目ざといのが自慢の番頭嘉平が目を覚しました。

「若旦那、悪い夢でも御覧になったんじゃありませんか。若旦那、たいそうなイビキですね」

声を掛けたくらいでは、この鋸行進曲が止みそうもないので、

「若旦那、どうしました、若旦那」

手をかけて揺ぶりました。

「あ、あ、ムニャ、ムニャ、もう夜明けか」

いきなり飛び起きたのは、優男の若旦那と思いきや、少し寝ぼけた顎の長い大男ではありませんか。

廊下の疎い灯りでも、床の主の違いはわかり過ぎるほどよく判りました。

「あ、お前さんは？」

それは、道中後になり前になり、加奈屋の一行を跟けて来た、岡っ引の古怪な顔ではありませんか。

「ここはどこだえ、何？　加奈屋の部屋——おや変だぜ、——さて寝ぼけて床を間違えたかなア——」

日本一の尤もらしい顔をして、こんな事を云う八五郎です。

「若旦那は何うしました。おい、鳶頭（かしら）起きて下さいよ、大変だよ？」

「ウ、ウ、ウ、なに？　なに？」

鳶頭の長五郎は面喰って飛び起きました。

「若、若旦那は何処へ行きました」

番頭は摑みかかりそうな気勢です。

「ウ、ウ、ウ、ア——眠い」

八五郎のこんな半間な芝居が、いつまで続くものでしょう。

「頭、何んとか云っておくれ。若旦那がいなくなって、この人がイビキを搔いていたんだ。大事な若旦那がいなくなったでは、お前さんの役目は済むまい」

相手が悪いと見て嘉平は、鳶頭の長五郎に食ってかかります。

「よし、サア、俺が相手だ。若旦那をどこへやったんだ、云って貰おうじゃないか」

鳶頭は一応お義理だけに腕などをまくりますが、相手が江戸の御用聞と知っているだけに、ひどく強いことも云えません。

その間に八五郎は、泥棒猫のように、尻尾を巻いて、コソコソと自分の部屋へ引揚げました。

その器量の悪さ——

「岡っ引だか何んだか知らねえが、人様の大事な息子を逃がして済むと思うか。やい、どうしてくれるんだ」

相手の姿が見えなくなると、鳶頭の長五郎は急に強くなります。

「何んと云う騒ぎだ。旅籠賃を払ってはいるが、ここは自分の家じゃないぞ」

隣りの部屋から、襖を開けて顔を出したのは、まだ昼の身扮（みなり）のままの加奈屋総右衛門でした。

「若旦那が見えなくなりましたよ」

「お側に付いていて、何んとも面目次第もございません。大きい声では申されませんが、あの隣りの部屋にいる方が手伝って逃がしたようで」

番頭の嘉平は何より自分の罪をどこかへ転嫁することばかり考えている様子です。

「弁解しているより、すぐ後を追っ駈けてくれてはどうだ」

「ヘエ」

総右衛門は大して驚く色もありません。

「どうせ足弱が一緒だろう、遠くは行くまい、――それに酒匂(さかわ)の渡しは夜が明けなければ船が出ない筈だ。鳶頭と一緒に大急ぎで江戸の方へ戻ってくれ」

「ヘエ」

「酒匂で様子を訊いて、江戸へ帰った様子がなかったら、大急ぎで引っ返すのだ」

「ヘエ」

嘉平と長五郎は大面喰いで飛び出しました。

それを廊下の隅から眺めて居たのが幾人かあります。お歌もその一人なら、平次もまたその一人だったことは云うまでもないことです。

「八、何んという間抜けなことをするんだ」

「ヘエ」

「あんな娘っ子に騙されて、人様の床に潜り込んだりして、――逃げ出して来た恰好というものはなかったぞ」

「ヘエ」

そう云われても、八五郎はまさに一言もない器量の悪さでした。

「尤も、俺もあの色っぽい師匠を追っ払い兼ねて、先刻まで骨を折ったがね、お前の方がまだしも良かったかも知れないよ」

「親分も、今まで掛合いをやっていたんで？」

「鳥モチのような女だよ、あの女は」

「ヘエ」

「ところで、こうしても居られまい。お歌師匠が俺の部屋へ入り込んで、夜半近くまで粘っているのが変だと思ったが、お前を替玉に使った細工も小娘の智恵ではなさそうだ。ろくに寝なくて気の毒だが、これからすぐ追っ駆けるとしようか」

「やっぱり酒匂から国府津の方へ――」

「まア、黙って俺について来い」

平次はそのまま支度をすると、昼の装束になって、外へ飛び出しました。その頃は夜の明けるまでに二里でも三里でも伸そうという旅人が多かったので、夜半に出発する客があったところで、旅籠屋では大して迷惑にもせず、また不思議にも思わなかったのです。

「おや、親分、道が違やしませんか」

後から息せききって追いすがったガラッ八が言います。

「違わないよ」

平次は足も淀めません。

「あの二人は江戸へ引っ返したんじゃありませんか」

「そう見せただけに、俺は箱根の方に行ったに違いないと思うよ——加奈屋の亭主も言ったろう、酒匂は夜が明けなきゃ船を出さない——とね」

「ヘエ」

平次の謎のような言葉は、ガラッ八には判りそうもありません。

「若い二人は間違いもなく箱根の方へ行ったのさ。町を出外れると夜明かしの雲助がいるから、十手の房でも見せて、ちょいと訊いて見るが宜い」

「ヘエ、呆(あき)れた奴ですね」

「お前が間抜けなんだよ——道はこれでいいかな——まさか早川道から石垣山へ入る気遣いはあるまい——関所の手形は用意しているだろう」

平次は独り言いながら、恐ろしく活潑な足取りで急ぎます。

愛は悲し

一

三枚橋まで行くと、雲助の一隊七八人、大火を燃やしながら、野天博奕(ばくち)に耽(ふけ)っておりました。まさに地獄変相図の一カットと云った、無気味な醜悪(しゅうあく)さですが、時の幕府は関所破りに備(そな)えるために、雲助の野天博奕をさえ黙許していたのです。

「少し訊きたいが――」

「ヘエヘエ、駕籠ならちょうど三島へ戻りがありますよ」

「いや、駕籠じゃない。ツイ今しがた、若い二人の男と女が通ったと思うが――」

八五郎はそう云って、チラリと十手の房を見せたのです。

「これは、親分方、お見それ申しました。多分その二人でしょう、駈落者らしい若い男と女が、登りを急いで行きましたよ――駕籠(かご)をすすめると、駕籠は要らないからと、多分の酒手を奮んでくれましてね、ヘエ」

房吉とお組の二人は、さぞこの雲助の網に引っ掛って、存分に絞られたことでしょう。平次はしかし、そんなことをとがめる意志もなく、

「有難う、多分その二人だろう——八、急ごうぜ」

「へエ」

二人は幸いの月の光をたよりに、峠道へ踏み出しました。山路はまさに深まる秋の夜気に、水の如く静まり返った、不安と疑惧とにさいなまれながらも、妙に夢の中を往くような非現実的な心持になります。

早雲寺の前を通って少し行った時、

「八、あれを見ろ、何んだろう？」

平次は煙るような月の光に透して、遙かの行手を指さします。

「人間ですよ」

「人間はわかっているが、転がるように駆けて来るじゃないか」

「追剝に逢ったか、それともお化けでも見たか」

「何をつまらねえ」

そう云う二人の前にもんどり打つように飛び付いた男、

「た、大変ッ」

平次の袖に獅噛(しが)み付いてガタガタ顫えているのです。

「何うしたんだ、びっくりさせるじゃないか」

「人が、人が、殺されていますよ」

「何？　人が殺されている？　何処だ」

「向う——の方に」

「来いッ、八」

二人は横っ飛びに山鼻を廻りました。眼界がカッと開けて、帯のように先へ先へと延べられた道の上に、何やら黒いものが、

「親分、大変ッ」

一足先に飛び付いた八五郎は、月の光の中に差覗きながらわめきます。

「若い男じゃないか」

「加奈屋の伜ですよ」

「えッ」

銭形平次も、この時ほど驚いたことはありません。八五郎をかき退けて、往来へ叩き

付けられたようになっている死骸の顔を覗くと、それは紛れもない加奈屋の伜房吉、ツイ先刻玉屋の娘お組と逃げた、久松型の優男に紛れもなかったのです。

「八、お前は三枚橋まで行って、先刻の雲助を二三人駆り出してくれ。町の出口の番所と、畑宿へ飛ばすんだ。曲者は多分小田原へ引っ返して、もとの虎屋へぬくぬく納まっていると思うが、油断はならない、畑宿の方へ逃げたかも知れない」

「親分は？」

「もう少しここで調べたい事がある――それから、玉屋の娘がどこにいるか見付かったら眼を離すな」

「合点」

八五郎は平次の言葉を半分背に聴いて、もう駆け出しております。その早さというものは――。

後に残った平次は、念入りに死骸を調べ始めました。創は後ろから一と突き、友部源蔵や道中師の吉兵衛をやったと同じで、左肩胛骨の下から、心臓を見事に突いた手際は、全く悪魔的巧みさと云うほかはありません。

懐中は死骸になってから捜ったらしく、ひどく襟許が乱れて居りますが、引っこ抜いた胴巻の中には、小判で五十両ほどの金がその儘残っております。

「はて」

平次は首を捻りました。が、思い付いたように、死骸を少し動かすと、その下から贅沢な紙入が一つ出て来ました。

中を見ると、鼻紙と小粒が少し残っているだけ、

「――」

平次は死骸の前に、しばらく黙祷をささげて、さて静かに四方を見廻しました。夜半過ぎの月が、真上から隈もなく照らして、聴えるものは遠い早川の水音だけ。鳥も鳴かず、駅馬もいななかず、日中は賑やか過ぎるほど賑やかな箱根の山路も、海の底よりも静かに更けて行きます。

さいしょ、三本の恋文は、友部源蔵の手で江戸から持出されたに違いありませんが、それが刀の鞘に隠されて、二人の命を犠牲にし、それから何処へ何う動いたことでしょう。平次は夜の箱根の静寂の中に立って心静かにその行方を考えているのでした。

小田原から、急を聴いて駆けつけたのはもはや夜明けでした。その人数の中には、加

奈屋の主人総右衛門を始め、玉屋の主人又三郎、浪人鈴木春策、踊りの師匠お歌なども交っております。

「何んということだ」

真っ先に飛び付いたのは、加奈屋の主人総右衛門でした。暁の光の中に、まざまざと見せつけられた、倅房吉の無慙な死の前に、さすがに声を呑んで立ち竦（すく）みましたが、暫らくすると、四方に気を兼ねる様子を見せながらも、気ぜわしく、その懐中物を捜り始めたのです。

「――」

胴巻に残っている小判には眼もくれず、なおも死骸の懐中を深く捜（さぐ）るのへ、

「これですか、加奈屋の御主人」

平次は縮緬呉絽（ちりめんごろ）の少しにやけた紙入を突き付けたのです。

「あ、それは何処に」

総右衛門は少しあわてました。

「身体の下敷になっていましたよ――中は鼻紙と小粒だけ」

「え？」

「曲者は奪った紙入を死体の下に突っ込む筈はない、——多分、脅かしてその紙入を取り上げ、中の入用のものを抜いて捨てた上、わけがあって房吉さんを刺したのでしょう」

平次の言葉は自分へ言い聴かせるような、静かで内省的ですが、その意味は重大で、恐ろしく的確でもあります。

「それは誰でしょう。親分、教えて下さい」

総右衛門は少しせき込みました。

「その紙入の中に入っていた物を盗った奴——」

「それは？」

「ね、加奈屋の御主人、——名古屋へ持って行く三本の恋文、あれをつまらね工細工などをして、房吉さんに持たして一と足先へ発たせたのが間違いでしたよ」

平次はもう其処まで見破っておりました。三本の恋文を友部源蔵の刀の鞘から抜いたのが、鈴木春策でもなく、お歌でなく、秋月某でないとすると、加奈屋の主人総右衛門のほかにはない筈です。

「私は狙われて居た、——倅に持たしてやるほかはなかった。日取一パイに名古屋へ持って行くには、外に手段はなかった」

加奈屋の総右衛門は、この非常手段の恐ろしい失敗に、身もだえして男泣きに泣いております。足許に横たわった房吉の死骸は、しだいに明るくなる朝の光の中にしだいにその無慙さを加えて行くばかりです。

「娘は何処へ行ったのでしょう、親分」

その時、うしろの方から、恐る恐る顔を出したのは同じ日本橋檜物町の御用達で、玉屋又三郎――あの可愛らしい娘お組の父親でした。

総右衛門より少しく若く、まだ四十五六でしょうか、少し痩せぎすの軽捷（けいしょう）な感じのする男で、浅黒い顔には、こんな時でも何うすることも出来ない不断の微笑があり、加奈屋の主人総右衛門の、傲然とした打ち上った態度に比（くら）べて、誰にでも好感を持たせずに措かぬといった、商人らしい如才なさがあります。

「さア、それがわかれば、加奈屋の若旦那殺しの曲者もわかる筈だが――」

平次は斯ういうよりほかはありません。

「あれは上方へ連れて行って、縁付ける筈の娘でございます。飛んだ魔がさしてお騒がせしましたが、何んとか捜し出して下さい、親分」

「――」

「お礼はどのようにでもいたしますが」

玉屋又二郎は、そっと、人混みの中から平次を連れ出すと、大して四方をはばかる様子もなく、斯んな事を囁やくのです。

「お礼付なら、ほかの者に頼んで下さい。あっしは先を急がなきゃならないから」

平次は少し気色ばみました。『金さえ出せば』といった態度が気に入らなかったのです。

「でも――」

「安心なさるが宜い、そのうちに無事な顔を見せますよ」

「本当ですか、親分」

「死体の懐中に五十両の金を残して行った曲者だ。人様の娘を売ると云った虐たらしい事もしないだろう」

「なるほど」

玉屋又三郎はゴクリと固唾を呑みました。

ちょうどその時、

「親分見付かりましたよ」

一丁も先から声を掛けながら、髷節を先に押っ立てて飛んで来たのは八五郎でした。

「あの娘ですよ、――お組とか云った、人に助けられて湯元で泣いていますよ」

「えッ、娘が無事で？」

又三郎は乗出しました。

「泣いているなら無事だろう、行って見るか」

と、平次。

「何を訊いても言やしませんよ。親分なら口を割るかも知れないが――」

「新造を口説(くど)くのはお前の方が得手らしいぜ」

「冗談でしょう」

二人はそんな事を云いながら、そこは土地の役人に任せて湯元に向いました。

二

八五郎が平次を案内して飛び込んだのは、湯元の石田屋というささやかな道中宿でした。

「あのお嬢さんのところへ、お客様が来ていますよ」

「ヘエ、恐ろしく早い奴がいるんだね、どんな男だ」

「女の方で――」

「ともかく行って見ようじゃないか、八」

二人は硫黄臭い廊下を、奥の方へ行って見ました。八五郎が十手を見せているので、とがめる者もない代り、薄気味悪そうに遠くから見ているだけで、案内してくれる下女もありません。

「あの女ですよ親分」

八五郎は廊下に立止ります。妙に甘酢っぱい声がひそひそと聴えて来るのです。

「お歌か。恐ろしくちょっかいの早い女じゃないか」

「金毛九毛の狐ですよ、あれは」

「黙って」

平次はガラッ八の口を押えました。

「――」

四方がシーンとなると、隣りの部屋の囁きは手に取るように聴えます。

「ね、お嬢さん、お前さんの気持はよくわかりますよ。江戸を離れて斯んな山の中まで来て、大事の男を眼の前で殺されたんですもの、諦められるものですか——」

「——」

泣きじゃくるお組の声に途切れながらも、お歌の柔かい言葉は静かにつづきました。

「——諦められないのが本当ですとも。泣いて泣いて、涙が尽きるほど泣いて御覧なさい——それが一番良いのです、——泣くといくらか気が軽くなりますよ」

「——」

「可哀想にねエ——でも、私にも覚えがありますが、思う男と幸せに添い遂げる人はこの広い世の中に幾人あるでしょう——女は皆んな不仕合せなんですねエ」

お歌の調子はホロリとします。こんな阿婆摺れの女にも、優しく悲しい思い出があったのでしょうか、——ガラッ八は長んがい顎を撫で廻して、平次のむずかしい顔を振返りました。

「でも、泣いてばかりは居られませんよ。加奈屋の若旦那の死際に立ち会ったのはお嬢さん一人なんですもの、下手人を知ってるでしょう——それは言わなきゃなりませんよ。エ？　エ？――房吉さんを殺したのは？――」

お歌の声は次第に小さくなります。

「あれだ、親分、あの女は親切らしく持ちかけて、娘の口から三本の恋文を奪った相手の名が聴きたかったんだね」

ガラッ八は酢っぱい顔をします。

「気の毒だが、娘は口を開かないよ。ひどく泣くばかりじゃないか」

「入って見ましょうか、親分」

「いや無駄だ、――俺たちにあの女よりうまく出来っこはないよ」

「娘を口説く段になると、銭形親分も尻ごみをするんですね」

「シッ」

二人はまた黙ってしまいました。隣りの部屋からは、お歌の柔かい言葉が、綾糸(あやいと)をほぐすように続きます。

「ね、お嬢さん、下手人を逃がしてしまっては、可哀想に若旦那が浮ばれないでしょう。あなたが一と言漏しさえすれば、箱根は一本道だし、上るも下るも役人が見張って居ります。曲者は一刻経たないうちに、捕まるじゃありませんか」

「でも、でも私は知らないんですもの」

泣きじゃくりながら、お組はようやく斯う云いきりました。

「お嬢さんが知らない？」

お歌の声は急に激しくなって、その調子には充分非難の響きがあります。

「私は目を廻してしまいました。気の付いた時は、もう、あの人は殺されて、傍には誰もいなかったんですもの」

それは一応尤もでした。若くて驚き易い女が、山路で自分の道連れが殺されたとしたら、ずいぶん目を廻さないものでもないでしょう。でも、

「銭形の親分は、──曲者は若旦那を脅かして紙入を出させ、その中から何んか抜いた上で、若旦那を殺したに違いないって言います。するとお嬢さんは、ろくに曲者の姿を見ないうちに目を廻したんですね」

お歌の頭の良さ、平次は──俺でも斯うは行くまい──と思った様子で、ぼんやりしている八五郎を顧みました。

「え、怖かったんですもの」

若い娘の恐怖は、一切の疑問も矛盾も封じてしまいます。

「でも、お嬢さんを助けて、ここまで連れて来た人は知っているでしょう」

「旅の人でした」

「どんな」

「唯の男の方」

それは多分、眼が二つあって、鼻と口が一つずつある男の人でしょう。お歌の悪賢こさも、これでは手の付けようがありません。さすがのお歌も、これ以上は手におえないと思う様子で、未練らしく引揚げた後へお組の父――玉屋の主人又三郎が駈けつけて来ました。

玉屋の又三郎は、房吉の死に対して、考えようでは掛り合いがあるわけですが、『娘のことも心配になるから』と尤も至極な口実を設けてここへ駈付けたのです。

「さあ、江戸へ帰るんだ。すぐ支度をしろ」

又三郎が飛び込んで来て、さいしょに云った言葉はこうでした。

「まア」

お組はまだ涙声です。

「小田原へ行って通し駕籠を雇って、夜道をかけて飛ばしたら、明日の暁け方までには、江戸へつくだろう」

　又三郎はそんな事を考えているのです。

「父さん、もう少し落着かして下さい」

　お組は精いっぱいの反抗をつづけている様子です。

「この上落着かれてたまるものか。さア、急ぐんだ、お組」

「でも、父さん」

「まさかお前、上方へ嫁入り行列をつづける気じゃあるまい。小田原には、母親が待っているじゃないか。房吉が死んでしまったら、もう箱根に未練はあるまい」

「でも」

　それは然し、はかない反抗でした。お組は手を取って引立てられて、泣きながら支度をする様子が手に取るように聴えます。

「可哀想ですね、親分」

「何が？」

「死んだ男に後ろ髪を引かれるんでしょう」

　八五郎は柄にもなく鼻などを詰まらせておりますが、平次は何にか重大なことに心を

使つかっているらしく、それには応えずに、

「八、困ったことになったよ」

「何んです、親分」

「此方へ来い、聞えると悪い」

八五郎を廊下の端っこに引っ張って行くと、平次は言葉せわしく続けました。

「お前は変だと思わないか」

「へエ？」

「お歌でさえ、それに気が付いたじゃないか。あの娘は房吉が悪者に殺されるのを見ていた筈だ。脅おどかして紙入を取上げ、三本の恋文を抜いてから殺したんだぜ」

平次の調子は物々しくなります。

ガラッ八は目を白黒するばかりでした。話は何にか知ら、恐ろしく重大です。

「いくら目を廻したって、大事の男が殺されるのを知らずにいる筈はないよ。その上、自分を助けて、湯元まで連れて来た人間の顔も知らないというのは何ういうわけだ」

「？」

ガラッ八の鼻の穴が大きくなるばかり、まだ呑込んだ様子はありません。

「わからないかなア――あの娘は、房吉を殺した相手を知っているのだよ」

「ヘエ」

「知っていても言えないのだ」

「あッ、なるほど」

「曲者は房吉とお組をここまで追っかけて来て、脅かして三本の恋文を奪った上、房吉の口を塞(ふさ)ぐために殺したのだ」

「なーる」

「房吉を殺したのが、口を塞ぐためなのは、紙入が死骸の下敷になって居たことでもわかるだろう。紙入を奪るために殺したのなら、紙入は死骸の下にある筈はない。その下手人が、お組の口を塞がなかったのはどういうわけだ――お組はこの事を決して口外しないとわかっているからじゃないか」

「そんな事がありますかねエ」

「その上、房吉を殺した曲者は、お組を湯元まで送り届けている、――お組はここへ送って来た人の顔を知らないと云っているのはそのためだ」

銭形平次の明智は、小気味よく働き出しました。事件から事件へ、快刀乱麻(らんま)を断って、恋文の行方を突き留めるのも何にか遠くないような気がします。

「その曲者は誰です、親分」

「房吉を殺して、お組をここへ連れて来た曲者の名を云う前に――お前は先刻(さつき)の又三郎の様子を不思議だとは思わなかったか」

「又三郎？」

「お組の父親の又三郎が、娘が無事と聞いて、たいして驚いた様子もなかったことはお前も知っているだろう、――その上急いで湯元へ駈け付ける様子もなく、房吉の死骸の側に愚図愚図していたろう」

「その又三郎がここへ来て娘の無事な顔を見て大した喜ぶ様子もなく、いきなり言ったのは――サア江戸へ帰るんだ、すぐ支度(したく)をしろ――と云ったろう。そんな父親というものがあるかい、おい八」

「あっしのせいじゃありませんよ、親分」

「だから変じゃないか、考えて見ろ」

「へエ」

八五郎には、何が何やらまだわかりません。が、平次の態度には、恐ろしく突き詰めた重大さがあります。

「おどろくな八。房吉を殺したのは、玉屋の又三郎だよ」

「えッ」

果して、平次の言葉はガラッ八の度胆を抜きました。

「又三郎は房吉とお組を追っかけて来て、山路で房吉を脅かし、三本の恋文を奪い取った上に房吉を殺したのだ」

「なるほど、お組は下手人を知らないと云ったわけですね」

今ごろ感心する八五郎です。

「房吉は殺したが、娘のお組を箱根の山路へ一人置いて帰るわけにも行かず、そうかと云って小田原へつれ戻るわけにも行かない。そこで、お組をつれて湯元へ来て、ここへ娘を預け、小田原から駈け付けた人数と一緒になって、また箱根の山路へ引っ返した」

「すると親分――」

「三本の恋文は又三郎の懐中(ふところ)にあるよ」

「行って吐き出させましょうか」

「証拠が一つもない――江戸を出るとこちとらは無理がきかないよ」

「小田原の役人に頼んだところで埒があくまい、――いや、そのうちには玉屋の又三郎は娘をつれて江戸へ帰る」

「又三郎はその恋文をどうしようというのでしょう」

「わからないよ――多分奥方にうんと高く売り付けるつもりだろう」

二人は箱根の峰から昇る遅い朝陽に照らされて、廊下の隅に腕を組みました。

「又三郎の後を追って、江戸へ引っ返しましょうか」

「それも宜いが、万一、万々一だよ、俺の鑑定が違って、又三郎が三本の恋文を持っていなかったらどうする。――この平次は坊主になっても追っ付くまい」

銭形平次もこの時ほど自信を失ったことはありません。

「それじゃ、あっしが戻りましょうか。親分はこのまま皆んなと一緒に旅をつづけて」

「それがね」

忠実ではあるが、勘の悪い八五郎に、この重大事は任されそうもありません。

その時でした。旅籠屋の上下が何んとなくザワ付いて、雇人たちが内へ入ったり外へ出たり、唯ならぬ様子をしております。

「癪だね、親分」

「何うしたのだ」

駈けて行く女中の一人を捉まえて訊くと、

「お嬢さんが見えなくなりました――先刻まで泣いていたお嬢さんですよ。連れの方が手洗の間に、庭の方へ出たことまではわかっていますが――」

言い捨ててアタフタと飛んで行きます。

三

「八、来い。大急ぎだ」

「何処へ行くんで？　親分」

飛び出した平次の後を追って、八五郎の長んがい顎も、箱根の雲をかき分けます。

四方の山々はもう紅葉が燃えて折からの時雨雲に隠見する美しさ。が追う者も追わる者も、そんなものには眼もくれません。

「あの娘をおびき出したのは、誰だと思う」

平次は足も淀めずに訊きました。

「わかりませんよ――房吉が死んでしまった後で、そんなことの出来るのは」

「力ずくじゃコトリと音も立てずに、娘一人をさらって行けるわけはない――そんな芸当はお歌のほかにはあるまいな、八」

「あの女ですか、親分」

八五郎は大きくうなずきました。

「お歌が、うまい事を云っておびき出したとして、その目当ては何んだ」

「親の又三郎が江戸へ引っ返そうとしているので、その足留めじゃありませんか」

「うまいッ、図星だ」

「へエ――」

平次に褒(ほ)められて、八五郎は面喰ったようにキョトンとしました。

「――と言い度いところだが、実は大外(はず)れだよ。八。又三郎が娘の見る前で房吉を殺したとして、三本の恋文を奪い取って、さてそれを何処へやるだろう」

「自分のポッポに入れて、江戸に引っ返し何千両と纏(まと)まった金にする気じゃありませんか」

八五郎の頭も、これくらいの働きはあります。

「お前に気の付くような事を、あの悪賢こい鈴木春策や、加奈屋の主人総右衛門が知らずにいるだろうか。又三郎はそんな間抜けなことはしないだろうよ。――全く鈴木春策という浪人者は、斯うと思い込んだら何をするかわからない人間だ」

「すると親分」

「多分、三本の恋文は娘のお組に持たせていると思うがどうだ」

「なるほどね」

平次の洞察力は、裏の裏、奥の奥まで物事を考えるのです。

「お歌はそれを知って、お組をおびき出したのだろう――房吉が息を吹っ返したとか、土地の役人がお前を縛りに来ているとか、なんかうまい事を云ったに違いない」

平次と八五郎は、そんな事を云いながら朝の山路をひたむきに急ぎました。

「父さんは？　お師匠さん」

畑宿を越して、甘酒茶屋のあたり、一と時雨サッと来た後は、つままれたような美しい天気になって、山々の紅葉が、カッと昼の陽に映えます。

「後から来ますよ。それより土地の役人に追い付かれると、どんな事になるかわからない。一と足でも早くお関所を越さなきゃア」

「でも私、手形もなんにもないんですもの」

「そんな事に抜かりがあるものですか」

お歌は帯のあたりを叩いてにっこりするのです。この女に、二枚の女手形の用意があるとは思われませんが、ともかく、細工だけは幾通りにも用意してある様子です。

「あれは？　お師匠さん」

お組は怯えたように立ち竦みます。行手には、何に備えたか、多勢の人が屯して、登って行く人を待っている様子。

「後ろからは追手ですよ、お組さん」

山裾二つ三つ遅れて、バラバラと駆けて来るのは、間違いもなくこれは土地の役人らしい人数です。

「どうしましょう、お師匠さん」

「やり過すんだね。ここは谿伝いに太閤道へ出る関所破りの抜け道さ」

「まア」

立ち竦むお組の手を取って、追手の姿が一瞬山蔭に隠れたと見るや、お歌はいきなり岩蔭に跳り込みました。そこから、木立と藪と、山ひだを辿って道は自然に谷底に下り、下り尽した所から、また爪先登りに箱根の関所の遙か先へ出るのです。

「私は怖い、お師匠さん」

手を取られて引立てられながらも、娘の五体は、ワナワナと顫えるのを何うすることも出来ません。

「ビクビクすることはないよ。お関所破りをして、磔刑になったのは、お玉ヶ池の昔話さ。今じゃ二分か一両も出しゃ、小田原の町で関所手形を売っているんだもの」

お歌は鼻で笑っております。

「でも――」

お組が怯えたのも無理のないことでした。二人の女がようやく谷まで降り着いた時。

「オーイ、待ちな。待たなきゃ熊谷次郎ほど張り上げるぜ。関所破りがどんな事になるか、お歌師匠知らないわけじゃあるまい」

後ろから無遠慮に追いすがったのは、何んと、あの鈴木春策ではありませんか。

「チェッ、悪い奴に見付かったわねエ」

お歌は仕様事なしに立止まりました。この浪人者――人格をとうの昔に破産した鈴木春策に絡みつかれては、お歌の才智でもどうにも仕様がありません。

「待ってくれたか、有難いな。旅は道づれだ、同じ磔柱を背負うにしても、一人よりは三人の方が賑やかで宜い」

こんな不貞腐れをいう鈴木春策です。

「ところで、御用は？　鈴木さん——ただ綺麗なのと道づれになりたいなどといった、お望みじゃないでしょう」

お歌はそれを迎え討つように、積極的に挑戦して行きました。

「お察しの通りだ。綺麗なの二人の間に挾まって、道行なんて意気事は拙者の柄じゃないよ。俺の望みというのはな、お歌師匠。その娘の子が、お乳の下で温めている、三本の恋文が欲しいのだよ」

「えッ」

「驚かなくたって宜い——お前だって同じ望みだろう。そいつを江戸の尾張屋敷へ持って行くと、三千両でも買ってくれるという綺麗な人がいるんだ。尤も話によっては名古屋へ持って行って敵役に売っても宜いがね」

「畜生、畜生ッ」

お歌は唇を噛みました。自分だけしか気が付かないと思ったことを、この浪人者は早くも嗅ぎ出しているのです。

「綺麗な年増がだいなしだぜ、そんな下司な口はきかないものさ」

「お前にそんな勝手をさしちゃ」

「黙って見ているが宜い」

払い退ける手に獅嚙み付いて、お歌は必死と争いつづけました。

事の意外な推移におどろいて、お組はそこを逃げ出す思案も浮かばず、末枯の草の上に倒れて、ただ眼を見張るばかり。

「えッ、うるさい女だ」

鈴木春策は事面倒と見たか、お歌を力任せに突き飛ばすと、その扱帯を取ってキリキリと縛り上げ、傍の小松に身じろぎもならぬほどに括り付けます。

「畜生ッ」

「それでも磔柱よりは楽だぜ――口惜しかったら精いっぱい張り上げて見るが宜い。役人が甘酒茶屋から二三束飛んで来る」

お歌は唇を嚙みました、気性ばかり激しくても、力ずくではどうにもなりません。

「しばらく其処で見物するが宜い。これからヤワヤワと娘を剝いで見せるから、フ、フ」

春策の手はグイと伸びて、この時あわてて逃げようとするお組の帯際を摑みました。

「あれ――エ」

お組の悲鳴は半分は口の中で消えました。鈴木春策の大きい掌(て)がガバとその朱唇を塞いだのです。

「騒ぐな、娘。お前の身体をどうしようというのじゃない。その懐中で温めている三本の恋文、そいつを打捨(うっち)ゃらないとお前もお前の父親も房吉殺しの下手人になるぜ」

「あッ」

と、云う間もありません。長広舌を弄(もてあそ)びながらも、鈴木春策の手は器用にはたらいて、お組の帯を解き、紐を千切り、袷を剝ぎ、襦袢(じゅばん)を劈(さ)いて、薄寒い箱根の山風に、その桃色真珠の肌を曝(さら)させるのです。

「何んてことをするんだえ、恥っ搔きな瘦浪人奴」

お歌はさすがに見兼ねて、小松に縛られたまま身を揉みます。

「お前は黙って見物しろ。憚(はばか)りながら木戸銭は取らねえ」

お組はもはや悲鳴をあげる力もありませんが、それでも精いっぱいに身を揉みながら、父親又三郎に託された、恐ろしい罪の代償物、三本の恋文を護り通そうとするのでした。

「ジタバタするなってことよ。嫌味なことをする鈴木春策じゃねエ、少しばかりお臍がくすぐったくたって、命に別条があるわけじゃあるめえ」

そんな事を云いながらも、鈴木春策の恥を知らない手がとうとうお組の内懐中深く捜って、命から二番目の、その胴巻の結び目を確と摑んだのです。

「あれエ」

「えッ、聴きわけのねエ阿魔だ」

ズルズルと引抜いた胴巻き、娘を草の上に突きのめして、逆にしごくと、草叢の上にバラバラと落ちたのは、用意の金が十両ばかりと、手紙の束が二つ三つ。

「おやおや、三本の恋文が十三本くらいに増えているぜ。陽気のせいにしちゃ少し変だが——何んだ、房吉が蚯蚓をのたくらせたのを十本も温めているのか。そんな舌足らずの色文は、百本あったってお代にゃならねえとよ——どっこい、こいつは真物だ——これさえありゃ大願成就さ、あばよ」

三本の恋文を内懐中深く入れると、鈴木春策は立上がりました。その時——

「待て」

鈴木春策の退路を断って静かに近づいた者があります。それは素姓の知れぬ浪人者秋月某の長い影法師だったのです。

四

「待てッ、待たぬかッ」

長身の浪人秋月某は、鈴木春策の退路を断って、文字通り大手を拡げました。

「無礼だろう、汝れ」

鈴木春策一応はカッとなりましたが、相手の身構えや気組の恐ろしい真剣さを見ると、そっと後ろを振り返る気になったのも無理のないことです。その後ろが何んと、大地を這ったような恐ろしい箱根笹の末に、まさに千仭の谷が口を開いているではありませんか。遙かの眼下に霞む松の梢が、さながら、針の山を臨む凄まじさ。

「その娘から奪い取った三本の手紙を返して貰おうか」

秋月某は、一歩進みました。

「何をッ、盗人猛々しい」

　一刀の鯉口をきったまま、相手の気組に押されて鈴木春策は一歩退きました。

「盗賊はその方だ」

「何ッ」

「此方には、その三本の手紙を受取るわけがあるのだ。サア、渡さぬか」

「応ッ、これでも食えッ」

　抜き討にサッと斬り付けた鈴木春策の一刀は、空を劈いて尾花の上に流れました。

「汝れッ」

　それを追うように、ツと踏み出した秋月某、春策は押されてもう一歩、

「あッ」

　箱根笹に足を取られて、一つもんどり打つと、ツ、ツ、ツツ――そのまま、千仭の谷底へ、三本の手紙を抱いたまま鈴木春策は陥ち込んでしまったのです。

「まア」

　そのあいだに辛くも自分の縛めを解いたお歌は、崖の上に駈け寄って、眼もはるかなる谷底に見入りました。わずかに揺れのこる藪や草のほかに、もはや人一人呑んだ気は

いもなく、峰々はもう夕映に燃えて、渡り鳥の声が、チ、チ、チと淋しく谷を横ぎります。

「お歌師匠――若い娘を裸のままにしておくのは殺生だろう」

後ろから声を掛けたのは、銭形平次でした。その後ろからは八五郎の長んがい顎が覗いております。

「ま、うっかりして、済まなかったわねエ。勘弁して下さいなお嬢さん」

お歌はあわてて半裸体に剝かれたままのお組に近づくと、その顫える身体を後ろに庇ったのです。

「せっかく斯うして皆んな集まったんだ。ここで打ち解けて、相談しようじゃないか」

銭形平次は、秋草の上に腰をおろすと、お歌、お組、秋月某――と、それぞれの突き詰めた表情を読むように、一とわたり見渡すのでした。

「相談のしようもないじゃありませんか、銭形の親分」

と、お歌は少し自棄気味です。

「いや、あの侍が谷底へ落ちても三本の恋文は何うもなったわけではない。生きて居ればノコノコ這い上がるだろうし、死んでいるならその懐中から取って来る工夫もある」

「で、何うしようと云うの、親分」

お歌はその前に踞みました。

「まず、銘々が、敵か味方か、よく考えもし、名乗り合いもし、その上で相談することだ。秋月さんも此処へ腰をおろして下さい——八は物見だ、そこに立って畑宿の方を見てくれ」

秋月某は雷火に打たれて横倒しになった杉の木に腰をおろすと、八五郎は芒の中を分けて、殊勝らしく物見に立ちます。

「きっかけがなきゃ物を言い難かろう——あっしは先ず自分のことから話すが、何を隠そうこの平次は、あの三本の恋文を取って奥方——お由良様にお返しするのが役目だ。六十二万石の御家騒動の火消し役と云っても宜い。加奈屋の総右衛門は御部屋様方で、それを名古屋へ持込んで、殿様に御目にかけ、御世継の若様を蹴落す手筈だ」

知り過ぎているほど知っていることながら、お歌も秋月某も、お組までがゴクリと固唾を呑みます。

「玉屋又三郎——お組さんの父親は、お組さんの前で言っちゃ気の毒だが、左前になった店を立て直すために、あの手紙を名古屋に持込んで大金にする気だろう。——浪人者の鈴木春策(しゅんさく)は、何方に転がっても金になればよく、そこにいらっしゃる秋月さんは」

平次は枯木に腰をおろして、冥想的な顔をしている秋月某を指さしました。

「その手紙を受取るわけがある。といわれて始めて気が付いたが、あなたはあの三本の恋文の宛名人、新太郎様ではあるまいか」

「えっ」

「奥方、お由良様の若い時の恋人、秋月新太郎様。なるほど命がけであの手紙を狙ったわけもわかりました」

平次の慧眼(けいがん)はそこまで見破っていたのです。

お歌も、秋月新太郎も、お組までも、黙って顔を見合せるばかり。

「だが、解らないのは、お歌、お前の望みだ」

銭形平次ともあろう者が、こればかりは匙を投げたのです。

「ホ、ホ、それ程でもないんだけれど」

当のお歌は、この期に臨(のぞ)んでも面白そうに笑っております。

「お前が三本の恋文を狙って居るのはわかっている。――それも、俺たちの敵ではないようだが――戸塚の宿で、中村屋の奉公人の呑む茶に眠り薬を仕込んだり、小田原の宿で、俺の部屋へ来て邪魔をして、房吉とお組さんを逃がしたのは何ういうわけだ」

平次の疑いは其処だったのです。

「何んでもないじゃありませんか。眠り薬は、加奈屋の主人の手から出たもの――あれは抜け荷まで扱って、南蛮物の眠り薬などは持薬に持っておりますよ――でも、眠り薬を使ったのは私だけれど、人を殺したのや刀の鞘を割って三本の恋文を奪ったのは私じゃありません」

お歌はいつになく真剣な顔をしております。

「そのお前も三本の恋文を奪って、何千両かで売り付けるつもりだったのか」

「親分、私は本当に怒りますよ。憚りながらそんなさもしいんじゃありません。三本の恋文を手に入れたら、すぐにも焼いて粉にしますよ」

「それは何んのためだ」

「銭形の親分さんにも判らないのかねエ。あの恋文を書いたのは、何を隠そう、私のためには血肉をわけた本当の姉」

「何？」

それは実に思いも寄らぬ告白でした。六十二万石の奥方お由良様――それが実にこの比類の少ない美しさと、烈しい気性を持った踊りの師匠お歌の実の姉だったのです。

「たった三本の恋文――それも十七や十八の小娘の書いた、舌足らずの恋文で、六十二万石の御大名が、煮えくり返る騒ぎをするなんざ、馬鹿馬鹿しくて物も言えないけれど、私のためにはたった一人の姉の身の上となると放って置けないじゃありませんか。憚（はばか）りながらこの私なんざ、何百本恋文を書いたか知れないけれど、畜生奴ッ、貰った方も鼻紙か何んかにして、頼んだって祟（たた）ってくれないのに、たった三本書いた恋文が、何人の命にまで関（かか）わるなんて、馬鹿馬鹿しいにも程がある」

お歌はそう云って泣くのです。

「いったい、誰がこんなこんがらがった事にしたんです。親分、第一に、友部源蔵や道中師の吉五郎を殺し刀のさやを割ったのは誰です、親分」

お歌は気をかえて平次に食い下がりました。

「それを聴きたいのか、師匠」

「え、ぜひ聴かして下さい。あの晩、二人まで殺して、三本の恋文を盗ったのは、いったい誰なんです」

「――お前ではないな、師匠。それから秋月さんでもない、――俺でもなく、八五郎でもない、お前は友部源蔵の手を免れて屋根伝いに逃げた。鈴木春策でもない、鈴木春策は友部源蔵の相棒だし、友部源蔵の腕前を恐れていた。もう一つ鈴木春策は自分の帯に偽手紙を封じ込んで、八五郎を釣って俺を江戸へ帰させようとしたくらいだから、友部の仕事仲間で、友部の刀の鞘に恋文のあるのを知っている筈だ。——ところが、刀の鞘を割って恋文を盗ったのは、加奈屋の主人総右衛門で、鈴木春策ではない。友部源蔵と吉兵衛を殺したのは、刀の鞘を割って三本の恋文を取った人間とは別だ。鞘を割った刃物は鉈のようなナマクラで、手際も悪いが、友部源蔵と吉兵衛を殺した手際はすごいほど冴えている。あの晩、お歌師匠が友部源蔵をおびき出したところへ、曲者がやって来て、師匠を追い回して夢中になっている友部源蔵を、一と思いに突き殺し、懐中を捜ったが三本の恋文は見付からなかった。そこで大急ぎで二階へ行き、みんな階下へ降りた隙を見て、友部源蔵の荷物を捜したことだろう、——だが恋文はそこにもなかった。その後へ加奈屋の総右衛門が来て、友部源蔵の刀の鞘を割って三本の恋文を取出し、その後へ秋月さんが出て絵図面を手に入れ、一番後で八五郎が出て秋月さんに投げられた」

銭形平次の推理は、細かく発展して、今まで何が何やら解らなかった関係を、順序よく説明してくれます。

「加奈屋の総右衛門が刀の鞘を割って恋文を取出したのは、たぶん友部源蔵の刀が長過ぎたことから気が付いたのだろう。恋文が加奈屋の手に入った証拠は、伜の房吉に持たして、小田原から逃げ出させたことでも解る。あのとき俺と八五郎に伜の後を追われると困ると思ったのだろう、総右衛門は房吉に言い含め、お組さんを使って、お歌師匠までも騙し、俺と八五郎の足を釘付けにした。これはお組さんとお歌師匠に聴けばわかることだ――お歌師匠は人が好いから、若い者の情事となると、後前考えずに力瘤を入れる」

お歌とお組は、間が悪そうな顔を見合せました。まさに一言もない有様です。

「人を殺す手口は、曲者によっていろいろあるが、これは命がけの一かバチかの仕事だから、自分の得手なやり方を滅多に変えないものだ。友部源蔵はお歌師匠に気を取られて、マゴマゴしてるところをやられ、道中師の吉兵衛は、その曲者の顔を見知っているばかりにやられた、――尤も吉兵衛はあの前の日、曲者に頼まれて、この平次の眼に煙管を突っ立てようとしている。いずれにしても曲者に取っては生かしておけない人間だったらしい。ところで箱根で加奈屋の伜の房吉を殺した手口も、全く同じことだ。友部源蔵も道中師の吉兵衛も、それから加奈屋の枠房吉も、同じ手でやられている。傷は相手の油断を見すまして、心の臓を匕首でただ一と突き――凄い手際だが武家ではない。多分、これまでも罪に罪を重ねて来た、極悪非道の兇状持ちだろうと思う」

「誰です、親分。その三人殺しの悪人は？」

お歌はたまり兼ねて平次にせがみます。

「俺の口から言うのはわけもないが――お組さんに聴くが宜い。お組さんは房吉を殺した下手人の顔を見ている筈だ。そしてその下手人はお組さんを湯元まで送って行っている」

平次の論告は妙な一点を指しております。先刻から皆んなの話をジッと聴いていたお組はこのとき何を考えたか、ツイと立上がると先刻鈴木春策が落ち込んだ谷底へ――

「あッ、待った」

と、いう間もありません、鉄砲で打ち貫かれた美しい鳥のように――いや、谷へ架けた一朶の虹のように、サッと幻を引いて、千仭の谷底へ陥ちて行ったのです。

「親分」

その谷底を見込んで振り返ったお歌の眼には、平次に対する恐ろしい非難がありました。

「しまった。房吉を殺された上、その下手人の父親が、世にも恐ろしい極悪人と知っては、あの娘もジッとしてはいられなかったろう、――しかし谷は思ったより浅い筈だ」

五

谷底へ降りて行った一行が、首尾よく見付けたのはお組だけ、少しは傷を負いましたが、弾力的な箱根笹のクッションはまことに恰好な救助網になって、命に別条のなかったのは何よりの仕合せでした。

「あの浪人者は、親分」

ガラッ八は不思議そうに四方(あたり)を見廻しました。

「あの浪人者は達者だよ。多分鼻唄を歌いながら上の峠(とうげ)道へ出たんだろう」

「関所の先ですか、親分」

「いや――ここから太閤道へ出て、関所の先へ抜けるのは容易じゃない。落ちた弾(はず)みに少しは怪我もしているだろうから、双子山の先へ這い上がるのが精いっぱいだ。ともかく行って見るとしよう」

「湯本の方へ引っ返しゃしませんか」

「そんなことはあるまいよ、降りは見通しだ――あの通り」

平次は小手をかざして、麓(ふもと)の方を打ち見やりました。八五郎にお組を引っ担がせて、一行は甘酒茶屋に取って返し、そこから箱根の本街道を関所の方へ辿(たど)ったのです。が、元箱根へ着いたのはもう酉刻(むつ)（六時）秋の陽は芦の湖に美しい夕映を流して、関所は早くも締められてしまいました。取敢(とりあ)えず手近の旅籠屋にお組とお歌を落着かせ、平次と八五郎は、八方に探索の手を伸ばし、暗くなってから、同じ宿屋に顔を合わせました。

「どうだ、八」

「あの浪人者は関所を越しちゃ居ませんよ。跛足(びっこ)を引き引き来たそうですが、玉屋の主人らしいのと落合って、権現様の森の中に姿を隠したようで――」

「フーム、森の中はおかしいな」

平次は凝っと考え込んでおります。

「親分の方は」

「加奈屋の主人は、伜の死体を小田原に送り届けて、番頭と鳶頭(かしら)に預け、自分はやっぱり箱根へ来たらしい」

「恐ろしい執念ですね」

「ところで八、森の中へ入った鈴木春策と又三郎の二人は、宿に着く気はあるまい」

「引っ返すんじゃありませんか」

「いや、玉屋の又三郎は人を三人も殺しているから帰られまい。土地の役人が、八方に網を張っている」

「すると」

「船だよ――船を盗んで、芦の湖を渡って関所の先へ出る術もある」

平次は闇を透しながら、ツイ声をはずませます。

暮酉刻に閉じて、明け卯刻に開く関所の門は、もとより夜は通行のできる筈はなく、元箱根と箱根の船の数も厳重に調べられ、夜は一々錠をおろして、芦の湖に船を出すことなどは、思いも寄らなかったのです。

「玉屋の又三郎は鈴木春策を説き伏せ、二人で三本の恋文を名古屋へ持込むつもりだろう。どうかすると、加奈屋の総右衛門も一味かも知れない。総右衛門はお部屋様方への義理でやっているが、又三郎と鈴木春策は儲けずくだ。そんな事をさせるものか」

平次は闇を透しながら、足摺(あしず)りをして口惜しがります。

「此方も船を出しましょうか」

「いや船はどんな事があっても出せない。御大老の指図でも、夜の関所を越す工夫はない――役人の船は別だが」

「不自由なことですね、一と晩遅れちゃどうなりますね、親分」

「一と晩の遅れは、取返す工夫はないよ」

「するとあの三本の恋文は、名古屋へ持込まれて、お部屋様の敵役に使われるわけですね」

「俺の手ぬかりだよ。奥方と若様を助ける工夫はない、――何んということだ。あの通り船の行った跡が、月の光りでよく見えるじゃないか。耳を澄まして見るが宜い、まだ船の音が聞える」

平次は権現(ごんげん)様の下、木下闇に身を隠して諦め兼ねた身を揉むのです。

「お、秋月さん」

八五郎は不意に後ろを振り返りました。水際に立った一人の武士、羽織を脱ぎ袷(あわせ)を脱ぎ、見事な素っ裸になると、犢鼻褌(ふんどし)の上にきりきりと帯を締めて、一刀を打ち込みます。

「平次殿、——後を頼みましたぞ」

振り返った顔は、遅い月の光に真っ蒼です。

「秋月さん、まさか、この湖を——」

「泳ぐことは幸い人並以上だ——あの手紙は、どんな事があっても、名古屋へやってはならぬ——さらばじゃ平次殿」

「あ、待った、秋月さん」

平次は思わず追いすがりました。晩秋の水は氷の如く冷たく、この中に飛び込んで、首尾よく船を追えそうはありません。

「まア、とうとうねエ」

水際に駈けつけたのはお歌でした。

平次の手を振りもぎるように、夜の湖水に飛び込んだ秋月新太郎は、美しい月影を乱して、このとき早くも二三十間は泳ぎ出していたのです。

「お歌師匠——静かに見送るが宜い。人に覚られて、あの人の仕事の邪魔してはならない」

平次はまだ夜の水に見入っておりました。

「姉も、これを聴いたら、どんなに喜んでくれるでしょう」

お歌の声は濡れておりました。

沖へ遠ざかり行くかすかな水音。

「男は斯うありたいな。かりそめにも契った女を、こうまで護り通してやる心意気は嬉しいじゃないか」

「でも、斯うと聴いたら、姉は秋月さんを止めなかった私を怨まないでしょうか」

「静かに、――沖は騒がしいようだ」

平次は聞耳を立てました。

「八、関所へ駈けつけて、見張りの船を出さしてくれ。もう我慢が出来ない――後はどうなろうと」

八五郎は宙を飛びました。

湖は寂として、恐ろしい波瀾を孕んだまま更けて行きます。

関所役人を乗せた船は、時を移さず漕ぎ出しました。湖一パイに照らし出す松明の光りに、まもなく禁制を破って漕ぎ出した船は見付かりましたが、それに乗っている人間は一人もなく、満船を染めた斑々たる血潮だけが、中に起った活劇の凄まじさを物語っておりました。

※　　※

玉屋又三郎も、鈴木春策も、そして秋月新太郎も、それっきり姿を見せませんでした。

銭形平次と八五郎は、心身ともに傷付いた玉屋又三郎の娘お組と、踊りの師匠お歌をつれて、淋しく江戸へ帰るほかはなかったのです。

「七万両の絵図面は、返すぜ師匠」

平次は思い出したように、物々しい絵図面を出してやると、

「有難う。こいつで友部源蔵を釣ろうと思ったのが、飛んだ見当違いで、お笑い草ね――でもこの絵図面はいつかは物を言う時が来ますよ」

お歌は笑いながら絵図面をピリピリ破りでもすることか、自分の懐中へそっと入れる

のでした。

「この旅はさいしょから縮尻(しくじり)だらけさ。せめて三本の恋文が、秋月新太郎という立派な武家といっしょに芦(あし)の湖に沈んだことが土産話だ——それを聴いたら、奥方のお由良様がさぞ嘆(なげ)くだろうが——」

平次は淋しそうでした。

「でも、私は飛んだ見付けものをしましたよ——こんにゃくやの八兵衛さん——怒らないで下さい——八五郎親分にこんにゃく屋でも始めさせて私が面倒を見て上げたくなったんですもの、フ、フ、七万両の資本(もと)でね」

相変らず、妖(あや)しい含み笑いが、気の良い八五郎を面喰わせます。

海道筋の晩秋の長閑(のどか)さ——馬子唄、鈴の音、武家も町人も抜け詣りの小僧も、そして弥次も喜多八も行く——。

八五郎女難

一

「親分、恐ろしい奴が来ましたよ」

ガラッ八の八五郎は、長んがいあごをしゃくって、モモンガア見たいな顔をして見せるのです。

「恐ろしい奴？　大家か借金取りか、それともお前の叔母さんか」

松がとれたばかり、御用も懐中も大暇、縁側にしゃがんで、福寿草のケチな鉢をいつくしんでいた平次は、ガン首をもたげて、ツイこんな事を言いたくなるのでした。

「そんな筋の通ったもんじゃありませんよ、……親分も知っているでしょう。柳橋の野だいこで大入道の駒吉」

「なるほどそいつは大変だ。が、駒吉が陣を布いたところで、おれとお前じゃ取巻き甲斐もあるまいよ。胆を据えて、ズイと通しな」

大入道の駒吉……それはあまりにも高名な厄介者でした。横着で図々しくて、欲張りで、臆面もなくて、この男につかまったが最後、石の地蔵様でもいくらかしぼられずには済むまいという、ヒルのような野だいこだったのです。

「親分さん、今日は」

八五郎に案内されて来た、赤銅色の大やかん頭は、それでも恐ろしく神妙に、敷居際に坐って、二つ三つお辞儀をしました。

「どうしたえ、師匠。こちとらの家へ来ても、家業の足しにはなるまいが」

平次はこんな調子で迎えます。

「今日はそんな浮いた話じゃございません。駒吉が後生一生のお願いがあって参りましたが――」

いつもは扇をパチパチやりながら、自分の頭をピシャリと叩くのを、話しのきっかけにしている駒吉は、両手を畳に突いたまま、少し果し眼で、ニコリともせずに平次を見上げるのでした。

四十七八の薄あばたで、大入道と言われるあだ名の通り、顔も身体も――いや眼も鼻も口も武悪の面のようにでっかいのですが、さすがに家業柄、それが一種の愛嬌になって、妙に人をそらさぬ面白さがあります。

「たいそう思い詰めたじゃないか。金で済むことじゃお門違いだが、大入道の師匠に拝まれちゃ、そっぽを向くわけにも行くまいね」

平次は少し持て余し気味でした。

「ほかじゃございませんが、親分、私の娘のお菊――」

「良い娘があるんだってね。世間じゃトビタカだって言っているぜ」

大入道の駒吉の娘が、そのころ神田中にひびいた良い娘で、気立てもきりょうも、抜群のうわさは平次もかねがね聞いておりました。

「その娘の一大事で参りました。お願いでございます。親分」

「……」

「私はこんな厄介な人間でございますが、娘は――親の口から申しては変ですが、浮世の荒い風にも当てず、罪にも汚れにも染まないように育てて参りましたが、その娘が私の不心得から人食鬼のような奴の手に入り、今日にも、いや今すぐにも可哀想に、十九の花のつぼみを散らされかけております」

大入道の駒吉——無恥で横着で鳴らした野だいこの駒吉が、父性愛の愚に還って、眼の色を変えて平次に頼むのです。

「お前の娘がどうしたというのだ。人食鬼の退治なら十手捕縄よりは、渡辺の綱か坂田の金時でも頼んだ方が宜さそうだが——」

平次は相手が相手だけに、容易に話に乗りません。

「人食鬼と申すのは、御存じの湯島五丁目の佐渡屋の支配人新介でございます」

「なるほどね、それなら大入道の師匠でも、三枚におろし酢味噌で食うだろう」

湯島五丁目の質屋で大地主、万両分限の佐渡屋の新介は、先代の義弟で店を支配しておりますが、若い当主の四郎を押し籠めて、細民を相手にひどい取立てをやり、界隈から人食鬼というあだ名で呼ばれていたのです。

「一昨年の暮に三十両の金を借りたのが災難で、一年経たないうちに、それが倍の六十両になり、この暮には火の付くような催促で、とうとう金が出来るまでの抵当に娘をつれて行かれてしまいました」

「フーム」

「すると、まもなく娘から何んとしても助けてくれと、三度、五度と血の出るような手紙でございます、――あの人食鬼の新介が、さいしょから娘をてかけにする気でつれて行ったに違いありませんが、首の釣り替えの判こをおして『返済相かなわざる節は、如何様とも御申出に従い申可く』と証文が入っているので喧嘩にも公事にもなりません」

大入道の駒吉が、鬼の眼に涙を浮べてかき口説くのです。証文一枚でどんな無理でも遂げられた時代には、こんな無法な事も決して珍らしくなかったのでした。

「そいつは気の毒だが、いよいよ以って十手捕縄じゃどうにもならないぜ」

平次もさすがに持て余しました。

「そこを親分さん、お願い申します。あの人食鬼の新介を取って押えるのは、広い江戸中にも、銭形の親分のほかにあろうとは思われません」

「おだてちゃいけない」

「お願いでございます。親分さん」

「それは無理というものだよ師匠、――六十両という金があれば、そいつをポンと投げ出しておれの男もよくなるわけだが、――幡随院の長兵衛もひどく日当りが悪くて、七草過ぎとなると、四文銭五六枚が身上ありったけさ」

平次は苦笑いをするばかりです。

「一応は金も積んで見ました。御ひいきして下さる旦那方を七八軒廻り、ようやく六十両の金を纒めて、佐渡屋へ参りますと、昔ならずいぶんその金を受取って、証文に棒を引いたかも知れないが、今となっては遅い、期限がきれた上は抵当の流れるのに文句のある筈はない。娘は此方の自由にするからそう思ってくれという挨拶でございます」

「それは憎いな」

「いよいよ娘を取戻せないとなれば、親分の前ですが、私はあの新介を殺す気になるかも知れません。——神様のような娘——あのお菊を、あんな奴の餌にするくらいなら——」

駒吉はそっと血走る眼を挙げて湯島の方をにらみ据えるのです。

「可哀想じゃありませんか」

トボトボと帰って行く駒吉の後ろ姿を見送りながら、八五郎はこう言うのでした。

「可哀想だが、手のつけようはない」

「お菊は全く良い娘ですよ。新介などのままにさしちゃ、罰が当りますぜ」

「若くてきれいな娘のこととなると、お前はいつでも夢中だが、十手捕縄をそんなところへ振り廻すわけには行かないよ」

「あの大入道の駒吉が、人の息子を道楽者にするのを家業のように心得ているくせに、自分の娘のこととなると、あの通りだ。考えて見ると勝手なものですね」

二人は銘々(めいめい)勝手な事を考えているのでした。銭形平次は三十を越したばかり、八五郎はそれより二つ三つ若いだけ、何方もまだ思慮分別にヒネこびる年ではありませんが、お上の御用を勤めているだけに、公事師(くじし)や、やくざの真似をして、世上のいざござへ首を突っ込むわけには行かなかったのです。

が、それからたった三日経たぬうちに、事件は急転回して、凄(すさ)まじくも恐ろしい破局を見せました。

「親分、さア、支度をして下さい。大変なことになりましたよ」

朝の陽と一緒に飛び込んだガラッ八は、わけも言わずに騒ぎ立てます。

「何んだ、相変らず騒々しいじゃないか」

平次は落着き払って、朝の膳(ぜん)を動こうともしません。

「落着いていちゃ困りますよ。佐渡屋の新介――あの人食鬼が殺されたんですぜ」

「何？　新介が殺された、誰に？」

「それが解りゃ、あっしが銭形の親分のところへ飛んで来るものですか」

「なるほど、これは八の勝ちだ。おい、お静、支度だよ」

平次が号令をかけるのと、恋女房のお静が動くのと一緒でした。朝飯を半分にして立つと、八五郎と無駄を交換しながらも、銭形平次の支度は一呼吸にでき上がります。双子唐ざんの袷を七三に端折って、突っかけた草履、捕縄を袂に落して敷居をまたぐと、

「ちょいと待って下さいよ」

お静は神棚から火打鎌と火打石を持って来て、後ろからカチ、カチと御用始めの縁喜の切火を打ってくれます。

平次と添ってもう三四年、両国の水茶屋にいた当時の若さと美しさを持ちつづけながら、情愛も取廻しも、申し分のない世話女房振りです。

「八、行こうぜ」

「あっしもちょいとあやからして下さいな、切火の音を聞くと胸がスーッとしますぜ」

「ぜいたくな野郎だ、だから早く女房を持てと言ってるじゃないか。煮売屋のお勘子はシビレをきらしているぜ」

「じょうだんでしょう、親分」

二人はこの期に臨んでも、無駄を交換せずにはいられなかったのです。

「おや、どこへ行くんだ。五丁目じゃないのか」

「聖堂裏のガケ下ですよ」

「そうか、おれはまた大江山へ行くのかと思った」

平次とガラッ八はすべてこう言った調子です。

二

聖堂裏――お茶の水のがけ上は、真っ黒な人だかりでした。

「えッ、寄るな寄るな、見せ物じゃねえぞ」

ガラッ八の八五郎が、塩から声を張り上げると、群衆は真っ二つに割れて、平次と八五郎を通してくれます。

危うい道をたどって、がけ下に降りると、そこには二三人の下っ引と、町役人に護られて、佐渡屋の新介の死体が横たわっております。

「この通りだ、親分」

八五郎はコモをはねて、自分のもの見たいに、無残な死体を平次の眼にさらしました。

「――」

平次は黙ってうなずきました。こんな家業のくせに、死体を見ることが大嫌いな平次は、こんなひどいのを見せられると、恐ろしく不機嫌になります。

佐渡屋の支配人新介は、その時三十七八、欲の皮の突っ張るには、まだ若過ぎる年配ですが、酷薄非道なのは殆んど生れ付きらしく、佐渡屋の先代が死んだときも、その死因に兎角のうわさがあった程で、当主にして甥分の四郎に対する暴虐な態度や、店子、質主、債務者に対する、血も涙もない冷酷なあつかいは、ほとんど天才的と言って宜いほどの守銭奴振りだったのです。

その新介が、一塊のボロ切れのようになって、ようやく高くなった朝の陽の中に横たわっております。

「石で打たれているね」

平次はまず、そんな事に気が付きました。首から上の滅茶滅茶な打撲傷は、角のある巨大な石か何んかで打たれなければ、こんなにひどくやられるわけはなかったのです。

「石は見えませんが、突き落された時、そのはずみでがけ上の石を転がし、その石に打たれたのでしょうか。それとも突き落してから、後で石を投げ付けたのでしょうか」

八五郎はさすがに、そんな事まで気が付きます。

「そいつは鑑定がむずかしいが――後で石を転がしたくらいじゃ、うまい具合に見当が付くまいよ――昨夜は月がなかったね」

「月はあっても、曇っていましたよ」

「いよいよ上から石を投って、がけ下の人間に当てるなんて芸当はむずかしいよ。それはそんな目に逢ったら、たいていの強情な人間でも声を立てるだろう、近所で聞いて見るがいい」

「如才なく聞いて廻らせましたが、誰も気が付かなかった相ですよ」

「それに、寝巻を着ているじゃないか。いくら夜更けでも、こんななりでフラフラ歩くものか」

「そう言えばそうです」

平次の智恵は、次第にいろいろの事を解いて行きます。

なるほど死体の身なりは、佐渡屋の支配人というにしてはひどく見すぼらしく、けちな癖にしゃれ者で通っていた新介が、こんな形で外へ出ようとは思われません。

「石で打たれにしても、ひどい傷だね――おや、おや、これは変だぞ」

平次は何を発見したのでしょう。いきなり死体の胸をはだけると、首筋のあたりを、念入りに調べ始めました。

「何んです親分」

八五郎ものぞぎ込みました。

「死体は縛った様子はないな」

「そんな様子はありませんよ」

「じゃ、これはどうした跡だ」

平次は死体の首のあたりを指しました。滅茶滅茶に石で打たれた死体ですが、それにかかわらず、首のあたりにくっきりと縄の跡が残っているではありませんか。

「絞め殺して、それから此処へ投げ込んだんじゃありませんか」

「死んだ者へ、石をたたき付けたのはどういうわけだ」

「さア」

「人相をわからなくする——ということはあるが、この通り人相はよくわかるじゃないか、それにツイ鼻の先に住んでいる人間だ。顔がどうなっても、一刻と経たないうちに素姓がわかるだろう——それに、ね、八」

「ヘエ」

「お前も検屍便覧くらいは読ませてもらったはずだ。これが絞められた人間かどうか、見当が付くだろう」

平次に言われて、八五郎も懐中の十手の手前、いちおう尤らしい態度で死体を調べ始めました。

「こいつは絞められて死んだ人間じゃありませんね」

首筋の血管にも怒張がなく、下腹部や肛門にも何んの異状がないのですから、これは八五郎でなくても、絞められて死んだのでないことはわかります。

「その代り、胸を開けて見るがいい、すっかりまだらに変っているだろう。それから口の中だ」

「こいつは不思議だ」

「むずかしいぞ、八。うっかりその辺にいるのを縛ると、飛んだ恥をかくぜ」

「へエ」

「さア、佐渡屋へ行って見よう」

その場は町役人や下っ引きに任せて、平次と八五郎はともかく、がけの上に登りました。

「親分、気が付きませんか」

八五郎は鼻をうごめかします。

「お前が気が付いて、おれにわからない事というと、お前の財布の中くらいなものだ」

「ヘッ、そんな事じゃありませんよ。何んかこう物足りないと思やしませんか」

「かんじんの佐渡屋から、誰も来ていないのがおかしいというんだろう」

「そうですよ、親分」

「向うへ行ったら、わかるだろうよ、――おや、居るぜ。八、用心しろ」

「ヘエ」

がけを登って、ようやく往来へ出た八五郎は、キョトンとしているところを、いきなり白粉臭いのにかぶり付かれたのです。

「親分さん――私のあの人を殺したのは何処の何奴でしょう。お願いだから縛って下さい。私はその野郎の首っ玉に噛りついて、眼玉へ指を突っ込んでやらなきゃ、我まんがならないッ」

「わッ、助けてくれ。おれの眼玉なんかねらっちゃ困るぜ、おい」

物凄い大年増、少々髪を振り乱して、脛も裾もあらわなのが、八五郎の首っ玉へめちゃめちゃに噛り付いたのです。

「親分、私ゃ、口惜しいッ」

女は多勢の見る眼も構わず、手放しで泣くのです。お為と言って三十二三、もとは町内の小唄の師匠でしたが、二三年前から新介に引取られて、召使ともてかけともなく、その身の廻りの世話をしているのでした。

「おい、冗談じゃないぜ。口惜しいのは重々察するが、おれの首っ玉へ噛り付いたって、下手人は出て来ねえ」

八五郎はようやく女の手を振り放しましたが、ともすればこの鳥モチのような触覚が伸びて、八五郎の胸倉を摑もうとするのです。

「だからお願いするんじゃありませんか。佐渡屋の家の者が、皆んなぐるになって、あの人を殺したに違いありません。——私が家に居さえすれば、あんなひどい事をさせるんじゃなかったのに、お茶の水のがけから投り出して、虫のように殺すなんて、何んという鬼見たいな奴らがそろっているんでしょう。親分さん、お願い」

お為はなおも、迫いすがるように、モダモダと摑みかかるのです。

「お前は昨夜、家に居なかったのか」

横から平次が口を出しました。一応この女のネバネバするような触覚を免れて、八五郎の悩まされるのを見物しておりましたが、独り言のように言う女の言葉に、フト聞捨てならぬものがあるのに気が付いたのです。

「お弓町の叔母のところへ行って長話しをして、泊ってしまったばかりに、親分、取返しの付かないことになってしまいました。あの人に死なれれば、私は佐渡屋から放り出されるにきまっています。一体どうしたら宜いんでしょう、親分」

女は新しい相手を見付けると、八五郎を振棄(ふりす)てて平次の方へ、その触覚を伸ばして来るのです。

この女のことは平次も八五郎も知り過ぎるほどよく知っております。もとはどこか田舎(いなか)の芸者だったそうですが、知辺(しるべ)を頼って湯島五丁目に引越し、この臆面(おくめん)もない態度と、官能的な不思議な魅力を持った声で、町内中の若い者を悩ましつづけた末、パトロンの佐渡屋の新介に引取られて、その身の廻りの世話をすることになり、町内の老人方やお神さんたちは、厄払(やくばら)いをしたような心持になっていたのです。

「そのお弓町の叔母のところへ行ったのは何刻(なんどき)だ」

「申刻半(ななつはん)（五時前）でしたよ。この節の江戸は暗くなったら若い女一人じゃ歩けやしません」

若い女のつもりでいるのが可笑(おか)しかったらしく、八五郎はニヤリとしましたが、平次ににらまれて、フトそっぽを向きました。

「今お弓町から駆け付けたのか」

「いえ、お弓町ではお茶の水に人殺しがあったことは聞きましたが、まさかあの人とは知らず――佐渡屋へ帰って始(はじ)めて知って飛んで来ました」

「誰から聞いた」

「下女のお安さんが教えてくれましたよ。私は何んにも知らずに、朝の支度をしようと、お勝手へ行くと――皆んな白い眼をしているなかで、お安さんだけが――」

お為は余程に口惜しかったものか、今度はさめざめと哀れ深く泣くのです。

三

銭形平次と子分の八五郎が、お為のからみ付くのを振り切って、佐渡屋へ行ったのは、もう大分陽も長けてからでした。

「裏から入って見ませんか、親分」

八五郎は、裏木戸にチラリと若い女の姿を見ると、それに引かれるように、フラフラと裏口の段を上り始めます。

「勝手にするがいい」

平次は厳重な黒板べいを見上げながら、足を留めました。若い女の子を相手にして、スラスラと口を開かせる術は、男っ振りがよくて、少し苦味のきいた平次よりは、ガラッ八の馬鹿馬鹿しい調子の方が上だったのです。

果して、件の八五郎、裏木戸を押してヌッと長んがいあごを突き出すと、

「まあ、親分さん」

待ってましたとばかりに飛び付いたのは、十八九の、可愛らしい小娘でした。たいこ持の駒吉が『神様のような』と形容したお菊、下町で育って、稽古事と役者の品定めと、着物の柄と、そして新しく売出した、白粉と油の外には、何んの智恵も興味もないといったような娘、――この娘の評判はガラッ八もよく知っております。

「どうしたえ、お菊ちゃん」

「八五郎親分さん、助けて下さい。私はもう、私はもう」

お菊を身をもむように、八五郎の胸に顔を埋めてシクシクと泣き出すのです。

「まア、何が何うしたんだ。落着いて話して見るがいい」

八五郎はすっかり良い心持でした。後ろの方に親分の平次の眼が光っていなかったら、娘の丸い肩をさすって、その涙くらいは拭いてやったかも知れません。

「私は見張られているんです――湯島の元吉親分が、逃げ出す奴があったら、有無を言わさずに、縄を打って引っ立てるって、私へ当て付けているんです」

「逃げなきゃ宜いじゃないか」

八五郎は取りあえず世間並の慰めを言ったりしております。

「でも私は、こんな怖い家に、一刻も半刻もいる気がしません。親分さんお願いですから、私を助けて柳橋の家へ――」

さすがに送って行ってくれとは言いませんが、八五郎の腕をつかんで振りながら、赤ん坊のようにひた泣くのでした。

少し小肥りの丸ぽちゃで、眼鼻の整った方ではありませんが、新鮮で愛くるしくて、何んかこう木からもぎ立ての果物のような感じのする娘です。

「おや、八兄イ、待っていたぜ」

その真っ最中に、土蔵の蔭からヌッと顔を出したのは、苦虫を噛みつぶした四十男でした。

「湯島の元吉兄イか、どうだい、下手人の見当は」

八五郎はお菊を引離して、テレ臭く顔を挙げます。

「下手人が多過ぎて困っているのさ。殺されたのはたった一人だが、あの人食鬼の新介を殺しそうな人間は佐渡屋の屋根の下にだけでも、三人や五人はいるぜ。町内には二三十人はいようという騒ぎさ、——現にその娘っ子などは——」

元吉の蝮指は、お菊の泣き濡れた顔を正面からピタリと指すのです。

「この娘がどうかしたのか」

八五郎は妙にお菊がいじらしくなりました。

「面は滅法可愛らしいが、何をして居るかわかったものじゃないよ。現に昨夜なども新介の部屋に連れ込まれて、夕方から酒の相手をしているんだ」

「まア、私は、酒の相手なんか」

お菊は涙に濡れた顔を挙げると、敢然として抗議するのです。

「それに違いあるまい。二人でボリボリ金米糖を噛ったわけじゃないだろう」

「まア、口惜しい、私……」

「その娘が新介の部屋を出てからあとは誰も行った者がないんだぜ——今朝になるとその新介がお茶の水のがけ下で、あの通り変な死にようをしているんだ——ちょいと見は可愛らしいが、人食鬼の新介を手玉に取るんだから、この顔は飛んだ罪作りさ」

「あっ」

お菊は悲鳴を挙げて飛び退きました。湯島の元吉の十手の先が、そのよく熟れて白銀色の粉をふいてるような娘の頬をなぶるのです。

「驚くなよ娘、お前も大入道の駒吉の娘じゃないか。十手の先で触ったくらいで、まさかその頬が火脹れにもなるめえ」

元吉は中年者の無恥な態度で、頭からこの娘を下手人としてかかっている様子です。

「まア、湯島の兄イ、そう急いで縛らなくたって――」

八五郎も持て余しました。相手の元吉は、八五郎の顔を見ると、いずれ銭形平次も後から現われるのを予想して、自分の手柄を横取りされるのを怖れ、何が何んでもここで目星をつけた下手人を挙げ、縄張りと体面とを確保して置こうとしている様子です。

「言いわけがあるなら、御白洲の砂利を摑んで言って貰おうじゃないか。あそこは可愛らしい面や、弁口じゃごま化せねえところだ。ね、おい娘」

元吉の手は無手と、お菊の肩先を摑んで引寄せるのです。

「あれエ」

「静かについて来い。下手にジタバタすると、捕縄が物を言うぞ」

さすがに元吉もこの小娘を縛る気はなかったでしょうが、肩先をつかんでグイと引いて崩る大輪の花のように、自分の胸へなよなよ来るのを、細腕を取ってシャンと据えました。

「親分さん、少し申し上げたいことがございますが」

それを見兼ねたように、裏口からはだしで飛んで出たのは、二十七八のちょいと好い男でした。

「何んだ、お前は？」

「彦次郎と申します。遠縁の者で店に働いておりますが」

少しもみ手になりますが、世馴れた態度、色の浅黒い、キリリとした男前です。

「それが何うした」

「お菊さんに罪はございません。あんまり可哀想なんで、ツイ飛んで出ましたが」

「お菊を挙げて行くのが、この湯島の元吉の目違いだというのか、おい」

元吉は少しいきり立ちます。

「飛んでもない、そんな」

「じゃ、何を証拠に、お菊に罪はないというんだ」

元吉は詰め寄りました。少し功を急ぎますが、八五郎はともかく、その後ろにいる平次に手柄をさらわれる前に、この下手人だけは挙げなきゃ——と思い詰めたのでしょう。

「それは、あの」

「それが、どうした」

「私の寝ている部屋の前を通らなきゃ、支配人の新介さんの部屋へ参られませんが、昨夜お菊さんが、宵から引っ張り込まれて、ずいぶんイヤな事を言われている様子でしたが、亥刻（十時）時分になってドタンバタンという騒ぎで——」

「それから？」

新介が酒の勢いをかりて、お菊を手籠にしようとした時の様子を、彦次郎は言葉少なに語るのです。

「皿小鉢のこわれる音がして、間もなくお菊さんが逃げ出しました」

「？」

「すると支配人さんは何にかブツブツ言いながら、後を片付けていましたが、手に了えなくなったか下女のお安を呼んで——お菊のあまがジタバタして、酒も魚も台無しだ、何にかあるなら、持って来てくれ――と言いますと、お安が――忘れていましたが戸棚に酢だこがありますよ、ワサビは少し風を引いたようだけれど――と言って魚や酒を新しく持って来たようすでした。それからまた飲み始めたのは確(たし)かですから、お菊さんが下手人でないことはわかりきっております」

彦次郎の弁明は、至極筋が通っております。

「それからお前は何処へ行った」

元吉は少し拍子抜(ひょうしぬ)けがした様子で、もういちどお菊の肩を摑みました。

「私は怖いから、お安さんの部屋へ行ってそっと泊めてもらいましたよ」

「よしよし、そいつは後でお安にきけばわかることだ、――ところで彦次郎」

「ヘエ」

「お前はお菊に親切なようだが、それは宜いとして、お前の部屋は支配人の新介の部屋に一番近いと言ったが」

「ヘエ」

「それからお前の部屋の前を通らなきゃ、新介の部屋へ誰も行けないと言ったな」

「ヘエ」

「お前に知られずに、新介を殺せる者はないわけだ――確かにそれに相違あるまいな」

「――」

それは実に恐ろしい誘導訊問でした。その次に来る問いの恐ろしさに、彦次郎は思わず息を呑みます。

「つまり、誰にも知れないようにそっと新介を殺せるのは、お前のほかにないわけだ」

「飛んでもない、親分」

彦次郎は真っ青になって、一歩退くと、元吉の猟犬のような素早い身体は、一歩それを追います。

「お菊のような、あんな小さい娘っ子が、大の男の新介の死骸に縄をつけて、お茶の水まで担いで行って、がけ下に投り出せるわけはない。お菊が下手人であったにしても、もう一人相棒があったのだ」

元吉の追求は猛烈です。

「それは親分」

彦次郎は窮地に追い込まれました。この儘で放って置いたら、元吉はこの男を縛る気になったかも知れません。

「あの娘っ子に、大の男の新介を殺せるわけはねえ、それくらいのことがわからないこの元吉だと思うか、あいつは餌だよ。ね、おい」

元吉はすっかり有頂天でした。袂の中の捕縄が、いつ蛇のように繰り出されるかもわからない情勢です。この時、

「八、おい、来て見な。新介の部屋の格子が外れているぜ」

銭形平次の声が、思わぬ方から聞えて来るのでした。元吉と八五郎が、お菊や彦次郎にかかずらっている間に、裏木戸から滑り込んだ平次は、家の周囲を一と廻りして、二つの土蔵の庇間に突き出したようになっている、支配人の新介の部屋の外に立っているのです。

「そこが新介の部屋ですか、親分」

八五郎も飛んで行きました。元吉の一人手柄を見物させられているより、親分の平次の、新しい発見を見せてもらった方が有難かったのでしょう。

「下女のお安が教えてくれたんだ、こいつは間違いもなく殺された新介の部屋だよ。母家から突き出したように、土蔵と土蔵のひさしあいに格子を突き出しているんだ」

「その格子が――」

「おっと、足跡を踏まないように頼むぜ。お前も十手一本の主だ、素人衆のような真似は止してくれ」

「ヘッ」

八五郎は頭をポリポリかきながら、土蔵のひさしの下、土の固いところを選って格子に近づきました。一間半の窓に、荒いが頑丈な格子を打ったものですが、その格子を一本一本動かして行くと、端の二本だけ下のクギが浮いて、力任せに引くと、格子はクギの付いたままフラフラに抜け、一尺くらいの大きな隙間が出来るのです。

「面白い仕掛けだろう、八」

「ヘエ、曲者はここから入ったんですね」

八五郎はしきりに感心しておりますが、

「まだそう手軽にはきめられないよ。格子の中の戸の締りはどうなっているか、それから足跡が――」

平次は格子の下の、生湿りの土を指しました。

「幸い日蔭で、霜柱も立ちませんね」

「有難いことに曲者は、わざわざ証拠の足跡をこの通り残して置いてくれたが、あんまりこの手形が見事過ぎて、ちょいと信用が出来ないと思わないか」

平次はその生湿りの土の上に点々と印された、男下駄の足跡を見ながら、何にか深々と考えている様子です。

「手形じゃなくて足形でしょう」

「違げえねえ、——その足形が立派な癖に浅過ぎて、少し変じゃないか」

「落着いた野郎ですね」

「これじゃお能の橋がかりだ」

「まかり出でたるは、新介殺しの下手人にて候が聴いて呆れらア」

「馬鹿だなア」

平次はガラッ八の浮かれ調子なのをたしなめながら、まだ考え込んでいるのです。

四

平次と八五郎は、外廻りをきり上げて、改めて店から家に入りました。

「御苦労様でございます。親分さん方」

店に頑張(がんば)っていたのは、番頭の嘉平という五十を越した恐ろしく頑丈な男、この上もなくむずかしい顔が特色で、金貸、地主などというものの番頭――いかなる嘆願哀訴にもビクともしないためには、こんな非妥協的な、因業(いんごう)な顔も必要だろうと思うような男でした。

「お茶の水の新介の死体の側には、誰も顔を出さないようだな」

平次の最初の問いは予想外です。

「ヘエ、相済みません。私は店から動けませんし、彦次郎どんはあの通り、元吉親分が離しませんし――尤(もっと)も今しがた手代の長七をやりましたが――ヘエ」

「それにしても、この店で幅をきかした新介が、死んで見ると恐ろしく不人気だったんだね」

「――」

嘉平はむずかしい顔を挙げて、眼をパチパチさせております。

「せがれの四郎はどうしているんだ」

それは佐渡屋の跡取りで十九、当時の不良少年といった型の青年で、叔父の新介の計(はか)

らいで、一室に押し籠めて置くというのが、湯島から外神田へかけて隠れもないうわさでした。

「もう支配人の新介さんの眼が光らなければ、押し籠めて置くまでもございません。今朝から囲い(かこ)を開いて、姉妹たちと一しょに話しております」

「その四郎を気違いあつかいにして押しこめたのは、新介一人の差し金か」

「いえ、一応は親類方にも相談はいたしましたが、だれ一人それがいけないと、盾つく方もございません――近い御親類と申してもお年寄や女世帯ばかりで、へエ」

「四郎は一体どんな悪いことをしたのだ」

「若気の過ち(あやま)でございます――ほんの五十両の金を持ち出しただけで」

「それが佐渡屋の身上(しんしょう)にどう響くのだ」

「私も一応はそれを申しましたが、奉公人は幾つになっても、何十年勤めても、いざとなると言い分は通りません。へエ」

嘉平はいかにも口惜(くや)しそうです。この頑丈な身体や、むずかしい顔にも似合わず、何方かといえば華奢(きゃしゃ)で青白くさえあった支配人の新介に歯が立たなかったのでしょう。人食鬼といわれた新介が、肉体的にはひどく脆弱(ぜいじゃく)で、一とつかみしかない癖に、神経が強くて、思いきった悪魔的、暴君的な振舞いを何んの遠慮もなくやってのける質(たち)の人間だったのです。

「お前はこの店に何年奉公しているんだ」

「先代から勤めております。もう三十五、六年にもなりますが――もっとも近ごろは通いで――」

「家はどこだ」

「ツイ近所に女房に駄菓子を売らせております」

「昨夜(ゆうべ)は？」

「戌刻(いつつ)（八時）過ぎには帰りました。帳面をしめると、何時でもそんな時刻になります」

「四郎に逢わせてもらおうか、それから新介の部屋も見たい」

平次は嘉平を促(うなが)します。

「わッ、助けてくれ」

薄暗い廊下の奥から聞えて来るのは、八五郎の大げさな声でした。

「何んというバカバカしい声を出すんだ、八」

平次はニヤリニヤリ笑いながら救いに行こうともしません。

「冗談じゃないぜ、首っ玉へ噛り付くのは宜いが、ほっぺたまで嘗められちゃ」

八五郎はまさに三人目の女にからみ付かれて、払い退けも、ねじ倒しもならず、薄暗い廊下をノタ打ち廻っているのでした。

「佐渡屋の廊下にウワバミも狼も住んでいるわけはねえ、存分にほっぺたなりかかとなり嘗めさせるが宜い、おれは囲いを見て来るから」

平次は嘉平に案内されて八五郎には構わず、廊下を右にきれました。

「八五郎親分、後生だから私の言うことを聴いて下さいよ。親分ったら、親分」

八五郎の首っ玉に噛り付いたのは、二十一二の良い年増、――佐渡屋の先代の娘で、跡取りの四郎の姉、子供のとき患った相で、分別の廻りようが少し鈍いばかりに、折角の良いきりょうをローズ物にして、二十歳を一つ二つ越すまで、その時分にしては、嫁ぎ遅れての島田でいるお浪だったのです。

「頼むからその手だけを放してくれ。涙だか涎だか知らないが、おれの襟はぐしょぐしょじゃないか」

この争いは十手にも捕縄にも及ばず、ガラッ八の八五郎、三保谷四郎ほどの敗北です。

「だから彦さんを助けてやると言って下さいよ。あの通り湯島の元吉親分ににらまれて、身動きも出来ないほどすくんでいるじゃありませんか」

色白の大女で、顔の道具は念入りに調っておりますが、どこかしら締め釘の足りないところがあり、色っぽくなまめかしい癖に、妙に斯う粗雑なところがあります。それが八五郎の首っ玉へ、文字通りかじり付いて雷が鳴っても離れそうもないのですから、江戸一番のフェミニストの八五郎も、手のつけようがありません。

「彦次郎を見張っているのは、湯島の元吉親分じゃないか。そんなに彦次郎が大事なら、元吉親分の首っ玉にかじり付くがいい」

「それが出来れば八五郎親分なんかに頼むものですか。あの元吉親分と来たら怖い顔をしてその辺中を睨め廻して取り付くしまもないし——それにあんな怖いのに噛り付くくらいなら、私は鬼瓦に抱き付きますよ」

「わッ、冗談じゃないぜ」

「銭形の親分は、男が良いけれどかじり付く隙もなし、私がお願いするのは、八五郎親分の外にはないじゃありませんか」

「だから、お前の言う事を、一と通り聴いてやるよ——後生だから鼻面だけでもゆるめてくれ」

「手を離したら、お前さんは逃げ出すだろう」

「弱るなア、おい」

「だから、だから、彦さんを助けて下さい。あの人の部屋の前を通らなきゃ、新介さんの部屋へ行けないって言うけれど——あの人は昨夜、あの部屋にはいなかったんだもの」

お浪は大変なことを言い出しました。

「彦次郎はゆうべ自分の部屋にいなかったと言うのか」

八五郎の職業意識は活潑に働き出しました。

「え、あの部屋は亥刻（十時）過ぎから今朝まで空っぽよ」

「それはどういうわけだ」

「察しが悪いねエ、八五郎親分は」

「何んだと」

「彦さんは、私と逢引していたんですよ——おお、きまりが悪い」

そう言いながら女の白い顔と、黒い髪が、何んの遠慮もなく八五郎のえりに埋まるのです。

「えッ、止さないか、素直に聴いて居りゃ、際限のない女だ」

「だから、あの人を助けて下さいよ。私と逢引していて、新介さんを殺せるわけはないじゃありませんか」

この大女——少し智恵の廻りが悪いくせに、肉体的には恵まれ過ぎるほどよく恵まれた女は、その涙と、媚と、口説と、あらゆる武器を動員して、八五郎をさいなみ続けるのでした。

「何処で逢引していたんだ」

「この寒空に、何処へもぐられるものですか、私の部屋ですよ」

「行って見よう、その部屋へ」

「え」

「だからその手を離せ。第一見っともなくて、女をブラ下げて歩けやしない」

「見っともなくたって構いませんよ、私の家ですもの」

「お前は平気でも、おれが困るよ——それに、お前の彦さんに見られちゃ悪かろう」

「まア」

お浪はさすがに常識を取戻したものか、ようやく八五郎の首っ玉から手を離しました。生活力の絶大な女にからみ付かれて、八五郎も暫くはフウフウ言っております。

廊下の角へ来ると、八五郎はお浪をやり過して、ツイと右にきれました。

「此方ですよ、親分」

追いすがるお浪。

「逢引の跡などはいずれ気永に拝見しようじゃないか、面白くもない」

「あれ、それじゃ約束が」

「宜いってことよ」

八五郎は一足飛びに、平次の居るあたり——今朝までこの家の惣領の四郎を入れて置いたという囲いの前に行きます。

「八、どうした、大変な騒ぎだったじゃないか」

平次はニヤリニヤリとそれを迎えます。

「驚きましたよ、親分」

「内々は嬉しかったんじゃないか、女の子に首っ玉に噛り付かれるのは、珍らしい事じゃあるめえが」

「でも、おかげで、ゆうべ彦次郎が自分の部屋に居なかったとわかりましたよ、親分」

八五郎は少しばかり有頂天です。

「それは聴いた。が、本当かな、あの女は思ったより賢こいかも知れねえぞ」

「へエ」

「よく調べて見てからの事だ――それよりこの囲いを見ろ、新介という奴は――死んだ者の悪口を言うんじゃないが、ヒドい人間だな」

平次は気を変えて目の前の囲いを指すのです。

五

「ここでございますが――」

嘉平は冷たい廊下の突き当りに立って、浅ましくも寒々とした囲いの入口を指しました。

もとは多分納戸だったでしょう、大一番の海老錠をおろしたカジの大戸に、六寸四方ほどの臆病窓を切って、そこから食物などを入れるようになっております。錠は抜いたまま輪鍵にブラ下がっておりますが、カシの一枚戸を開けると、中はムッと物の匂いが籠っているくせに、ヒヤリとした空気が面を打って、思わず人を総毛立たせるのでした。

部屋は手洗場までついた長四畳ですが、左右の壁の上には厚板を張り、外に面した方には厳重な格子を打って、恐ろしく行届いた座敷牢になっております。

「これが三十両か五十両の費い込みをした、大家の若旦那を入れる囲いか」

平次もツイそんなことが言いたくなりました。

「ヘエ、みんな支配人の指図でございました」

「これをこさえたのも新介の指図だというのか」

「左様でございます」

そういう嘉平のむずかしい顔からは、何んの表情も読み取る由はありません。

「三度の世話は？」

「下女のお安がいたしました」

「姉や妹たちは？」

「側へ寄ってもならぬと、やかましく申されましたので」

「四郎をここへ入れたのは何時だ」

「一年ほど前でございます。その前から一と間に謹んでいるように支配人から申しましたが、何んと申しても若いので、そっと脱け出したり、時々は暴れたりもいたしましたので――尤も、無理もないことではございましたが――」

嘉平はクドクドと説明するのでした。若くて少し放縦な若旦那と、冷酷で意志の強い支配人との対立には、嘉平も悉くてこずって来たのでしょう。

「鍵は幾つある」

「あの鍵でございますか、一つでございます。たった一つしかございません」

「それはどこに置いてあるのだ」

「支配人が身に着けて、どんなことがあっても離しませんでした」

「身に着けてというと、腰にでも下げていたのか」

「へエ、寝る間も肌身を離しませんので」

「それで、今朝新介が死ぬと、その身に着けていた鍵で、ここを開けたというのだな」

「ヘエ、左様でございます」

「新介はお茶の水のがけ下で死体になっていたのに、鍵だけは部屋にのこっていたというのか」

「ヘエ」

「四郎は今どこにいる」

「あちらで休んでおります」

嘉平は囲いの戸を閉めると、裏手の方へ平次を案内して行きました。新介や彦次郎の部屋とは反対の方に延びた廊下で、その先には二つ三つ小さい部屋が並んでいたのです。

「若旦那、銭形の親分さんで――」

嘉平が紹介するまでもなく、相手は当時江戸中になり響く御用聞と知っているのでしょう。四郎は少し堅くなって、――それでも若い者らしく、無造作に頭を下げました。

十九というにしては恰幅（かっぷく）の良い方で、長い座敷牢生活に、少し神経がとがっていそうですが、顔色の青白い外には、左して身体を痛めている様子もありません。

「新介はずいぶん辛（つら）く当ったようだな」

「へエ」

銭形平次の言葉には、通りいっぺんらしくない同情の響きがありました。

「丸一年あの囲いの中に居たのか」

「――」

四郎はうなずきます。

「若くてもお前は主人だ。それが一年も押し籠められるというのは、よくよくの事じゃないか」

「私にも見当がつきません、――店の金を二三度持ち出したのが悪いんだそうで」

四郎はあまり口数をききませんが、その憤怒（ふんぬ）は包むべくもなかったのです。

「亡（な）くなった者を悪くいうわけじゃございませんが、皆んな支配人の勝手でございます。それに、こんなとき口をきいてくれるような確りした御親類もなし」

嘉平は取りなし顔に言うのです。

「お前はさぞ新介を怨んだことだろうな」

「あんなひどい事をされれば、誰だって腹を立てます。叔父でもあり、後見人でもあり、仕方がないから黙っていましたが――ひとしきり、自分ながら気が変になるんじゃあるまいかと思いました」

「若旦那」

四郎の怒りが、次第にたかぶって、口調が荒々しくなると、嘉平は見兼ねた様子でそれに口を容れました。

「宜いよ、あれで腹を立てなきゃウソだ」

平次は嘉平を押えて、なおも四郎を促します。

「でも、町役人にも届けてありますし、どんな窮命をされても、支配人の方に言い分があって、私の腹の立て損でした。うっかり暴れでもしようものなら、それを口実に私は勘当されたことでしょう」

江戸の古い町家の奥に巣を作った、恐ろしい奸策と陰謀の網には、銭形平次も驚き呆れる外はありません。

「だが、たったそれだけのことで、歴とした若主人を一年も押し込めて置くというのは、お上を始め世の中を盲目にしたようなものではないか」

平次はこの事件の奥に、何にか知ら解き難いナゾを感じて居る様子でした。

「五十両や三十両のことで、主人の私が支配人にかれこれ言われましたので――実は二三度ひどい暴れようをしました」

「暴れよう？」

「あんまり腹が立って、叔父に食ってかかったのです――叔父と申しても、あれは本当の叔父ではございません――父の義理の弟で」

四郎は顔を伏せます。

食ってかかった甥の四郎が悪いか、それを座敷牢に押し込めた叔父の新介が悪いか、平次にも容易にわかりません。

「お前は？」

「妹の愛でございます」

四郎の後ろで、慎ましくあいさつをしているのは、十七、八の細々とした娘でした。駒吉の娘のお菊の丸ぽちゃで可愛らしいのや、姉のお浪の大柄で豊艶なのに比べて、これはまた何んという淋しく頼りなく、そして可憐な娘でしょう。

「お前の部屋はどこだ」

「ここでございます」

「姉のお浪の部屋は？」

「やはりここで」

「夜はこの部屋に二人寝るのだな」

「え」

お愛は少し不安な上目使いをしながら、それでも無造作にうなずきます。言いようもなくいじらしい姿でした。

「姉はゆうべ、此処にいたのか？」

「？」

「宵からずっとこの部屋に、お前と一しょにいたのか」

「――」

「これは大事なことだ。あとであれはウソだと言っても追っ付かぬぞ」

「え、一緒におりました」

「宵から朝まで」

「え」

お愛はすっかり脅(おび)えておりましたが、平次の追及に逢うと、しどろもどろながら、姉のお浪と彦次郎と逢引していたという言葉を、完全に否定してしまったのです。

「違うよ、愛ちゃん――お前は私を庇(かば)うつもりで、そんな事を言うのだろうが、私は昨夜、半刻近くも外へ出ていたじゃないか」

「だって姉さん」

外から飛び込んで来た姉のお浪は、いきなり妹に食ってかかると、お愛は途方に暮れた様子で、ますますおどおどするばかりです。

「お前そんな馬鹿な事を言うと――私や彦次郎どんが、どんなに困るか気が付かないんだろう」

「姉さん、では、私、なんと言えば」

「だからさ、私が部屋の外へ半刻も出ていたと――」

姉妹の争(あらそ)いを、平次は黙って聴いておりましたが、やがて、

「もう宜いよ、出たなら出たとして置こう。その代り、何刻から何刻まで出ていたか、

別々に聞こうじゃないか――八、お前はお浪を隣りの部屋へ連れて行って、その逢引の時刻の場所を聞いてくれ。おれは此処でお愛から聞くとしよう」

こう言い出しました。

「ヘエッ、のろけの聴き役ですかえ、親分」

「何んでも宜いよ――それから元吉親分は彦次郎をつかまえてきくんだ――ゆうべお浪に本当に逢っているか、時刻は何刻だったか」

「ヘエ」

八五郎はお浪をつれて次の間へ、それまで黙って平次の調べようを見ていた五丁目の元吉は彦次郎を捜して庭の方へ出て行きました。

「ところで四郎を囲から出したのは何刻だ」

「辰刻半（九時）――いや卯刻（六時）少し過ぎでございました」

嘉平が引取って、あわてたように答えました。

「新介の部屋を見せてくれ」

「ヘエ、こちらでございますが」

少し戻って、別の廊下を反対側に行くと、部屋が二つつづいて、最初のは彦次郎の部屋で、奥のは殺された支配人新介の部屋でした。

「皿小鉢の壊(こわ)れた音がしたと言ったが、きれいに片付いているじゃないか」

銭形平次は番頭の嘉平を顧(かえり)みました。

「支配人が昨夜(ゆうべ)のうちに下女のお安を呼んで片付けさせました——それからまた改めて一杯やったようで」

「その膳は？」

「今朝になってから、お安が下げて洗ったようです」

「——」

平次は舌打をしたいような心持でした。こうして何もかも、大事な証拠が台無しにされて行くのです。

部屋の中は思いのほかよく整(ととの)っていて、調度も木口も贅沢なものでした。佐渡屋の支配人として、これくらいのことは当り前と言えばそれまでですが、何んとなく思い上がった新介の生活態度が第三者の眼で見ても苦々しくなります。

「床(とこ)は敷いてなかったのか」

「ヘエ」

「今朝この部尾が空っぽなのを、誰が見付けた」

「下女のお安がいつものように、雨戸を開けに来て気が付きました」

「お茶の水に死体があると聴いたのは？」

「それから間もなくでございます」

「誰が行って見たんだ」

「彦次郎どんが行って見て来ました」


平次は嘉平の話を聞きながら、先刻外から見定めておいた格子の外れたところを押して見ました。

「？」

格子——はツイ先刻まで、二本ほどくぎが抜け出して、下がフラフラに遊離していたのに、今触って見ると、誰の仕業か、ほんの間に合せながら、一応打ち付けてあるではありませんか。恐らく平次や八五郎が囲いの前にいた時か、お愛や四郎を調べている時の、誰かの細工でしょう。

格子から外を覗いて見ると、軽い男下駄の足跡は、入ったのだけ行儀よくついていますが、ひさしの下の固く乾いたところを拾って歩いた、八五郎の足跡は一つも見えません。

平次はさらに、新介の持物――押入から箪笥の中まで、一と通り眼を通しましたが、不思議なことに、着物や持物の贅沢な割に、現金は殆んどなく、新介がいかに佐渡屋を切って廻して我物顔に振舞っていたかがよくわかるような気がします。

最後にお勝手に行って、下女のお安に逢って見ました。これは三十七八の出戻りで、正直そうな女ですが、何んに脅えているのか、平次の問いにハキハキした答えもなく、

「さア、気が付きませんでしたが」

の一点張です。新介が食べた物の残りなどはきれいに始末して、証拠になりそうな物は一つもありません。

「よく手の廻ることだ」

平次はまた舌打をしたい心持になりました。

六

間もなく佐渡屋の店に落合った平次と八五郎と元吉は、銘々の聞き出した、お浪がお愛といっしょの部屋から抜け出したという時刻を持ち寄りました。

「お浪は亥刻（十時）少し過ぎから亥刻半（十一時）頃まで、囲いの前で逢引して居たって言いますよ、――その口説まで、事細かに聞かせるには弱りましたがね、ヘッ、ヘッ」

「馬鹿だなア、顔のひもを少し締めろ」

「ヘッ、どうも、たまらねえ女ですね、あのお浪という阿魔は」

八五郎はこう言った調子です。

「不思議なことに彦次郎も、亥刻少し過ぎから亥刻半まで――囲いの前でお浪さんと話していたと言っていたぜ、――新介のところからお菊が逃げ出して、お安が来て後片付けをして、新介が寝酒を呑み直したのを聞いて、それから出かけたんだそうだ」

五丁目の元吉はこう言いました。

「はっきりして居るな」

「親分の方は？」

八五郎は聞きました。

「お愛も同じことだ、――間違いはあるまいよ。お浪と彦次郎は、亥刻少し過ぎから亥刻半まで囲いの前にいた、――彦次郎はそれから自分の部屋へ帰って、夜が明けるまで何んにも知らなかったというのが本当かも知れない」

「するとお愛はウソを言ったことになりますね」

と八五郎、

「姉をかばったのさ。その晩新介が殺されているし、お浪はうんと新介を怨んでいるから、――姉は部屋から一と晩出なかったと言えば疑いはかからないと思い込んだのだろう。娘っ子のやりそうなことだ」

「ヘエ、あきれた娘っ子で」

「ところで八」

「ヘエ」

「お前は嘉平の家へ行って、様子を見て来てくれ。暮し向き、近所の評判、お神さんの人柄、――それからゆうべ嘉平の帰った時刻と、夜中に出なかったかどうか、それをきくんだ」

「ヘエ」

「それから五丁目の親分」

「何んだい銭形の」

「無駄だろうと思うが、家中の者の——ことに奉公人の荷物を一度調べたいが」

「それくらいのことなら、おれがやるよ」

「じゃ頼むぜ」

平次は見きりよく帰りましたが、何を考えたか、もういちど店に引返して、帳場格子(ちょうばごうし)に納まった嘉平を呼び出すのでした。

「おい、番頭さん」

「ヘエ、ヘエ、何んか御用で」

「あの囲いの鍵は新介が持っていたと言ったね」

「ヘエ、たった一つだけで、ヘエ」

「すると今朝どこでその鍵を見付けて囲いを開けたんだ」

「ヘエ、それはその」

「新介は肌身離さず持っていたと言ったようだが」

平次の追及は手厳しいものでした。

「あの部屋の中に放り出してございました。ヘエ」

嘉平はそっと冷汗を拭いております。


翌る日の朝。

「わッ、驚いたの、驚かねえの」

そんな事を言いながら飛び込んで来たのは、ガラッ八の八五郎でした。

小意気なまげ節を先に立てて、寒々とした弥造、鼻の先が少し赤くなって、長んがいあごが襟をかきわけます。

「何をそんなに物驚きするんだ。虫の毒だぜ」

相変らず平次は、朝の陽をなつかしみながら、冬の蝿のように縁側の障子にへばり付いて、煙草ばかりいぶしております。

「あの娘に泣きつかれて、弱ったの弱らねえの」

「驚いたり、弱ッたりか。色男にはなりたくねえな」

「ヘッ、有難いことに、一張羅の袖を、あの娘の涙でグショぬれと来ましたぜ」

「干すのが勿体ないだろう、そっと畳んでたんすへ入れて置くが宜い。梅雨時になると、そこから馬糞茸が生える」

「冗談じゃありませんよ、親分」

「大まじめさ、あの化けそうな大年増に噛り付かれると、三年くらい毒気が抜けないから、気をつけるが宜い」

「年増の方じゃありませんよ。泣かれたのは新造で」

「大入道の駒吉の娘か」

「五丁目の元吉親分が、あの大入道を縛って行きましたぜ」

「あれを新介殺しの下手人という見立てか」

「あの晩遅くまで、大入道の駒吉が、お茶の水から筋違い見付あたりを、ウロウロしていたのを見た者が十人もいるんですぜ」

「大入道が人食鬼を殺したというわけか。まるで化物屋敷のお家騒動だ」

「そこで、あの可愛らしい娘が、あっしの袖につかまって、大泣きに泣いたという寸法ですよ」

銭形平次と八五郎との話は、いつでも斯んな調子でした。その馬鹿馬鹿しくも呑気そうな発展のうちから、肝腎の筋が運ばれて行くのです。

「下手人は家の中にいるよ、大入道が何を知るものか」

平次はこう確と言いきります。

「あっしもそう言いましたよ。ところが悪い時には悪いことがあるもので」

「何があったんだ」

「元吉親分が、家中を大掃除ほど調べた上、奉公人たちの荷物を一々開けさせて見ると、お菊の荷物の中から、石見銀山鼠捕りが、馬を二三十匹殺すほど出て来たんで」

「フ――ム」

石見銀山鼠捕りというのは、その頃よく売って歩いた砒石剤の鼠捕りです。

「お菊は泣いて、そんな物を自分の荷物の中に入れて置いた覚えはないと言いますが、元吉親分は聴きゃしません。親娘馴合って新介を殺したに違いないと言うので、すぐ様飛んで行って駒吉を挙げると、お菊までつれて行ってしまいました」

「そこで、引かれ際にお前の袖をグショ濡れにしたというわけか」

これで八五郎の話の筋は通ります。

八五郎の話はなおも続きました。

「その上悪いことに、あの大入道の駒吉が、娘を返さなきゃ、近いうちに新介を殺してやるって言って歩いたそうで」

「ここへ来たときも、駒吉はそんな事を言っていたよ」

「可哀想ですね、親父の大入道は何うでも宜いが、あの娘が気の毒で――」

「あきれた野郎だ。そんな心持じゃ、娘だってあんまり有難いとは思わないよ」

「何んとかならないでしょうか、親分」

「大丈夫だよ――新介は毒害されたかも知れないといううわさを聞いて、身に覚えのある奴か、お菊を憎いと思う奴が、そんな細工をしたんだろう」

「?」

「心配するな、新介は石見銀山なんかで殺されたんじゃない」

「それは本当ですか、親分」

「医者が見ればすぐわかるよ。それに自分に覚えのあるものが、馬を二三十匹殺すほどの石見銀山を自分の荷物の中などへ入れて置くものか」

「なるほどね」

ガラッ八はようやくホッとした様子です。

「ところで、お前に頼んだことがあったが」

「嘉平の家の調べでしょう」

「その方がよっぽど大事だよ。嘉平の評判はどうだ」

「町内の評判は悪くありませんよ。質屋と金貸の番頭で叩き上げているから、恐ろしく無愛想だが、正直者で堅い人間だそうで」

「フーム」

「女房は駄菓子屋をしていますが三人の子持で、なりも振りも構わず働いていますよ。金も少しはあるんでしょうが、大したことはないようで。町内付合いは良い方です」

「あの晩は？」

「戌刻（八時）過ぎに帰ったそうで。近所で見た者はありませんが、女房がそう言いますよ」

「それから」

「佐渡屋のことを、女房に聞いて見ましたが——殺された新介はさんざんですね——生きているうちこそ遠慮もしたが、あの人が殺されてホッとしたのは、若旦那の四郎さんばかりじゃありません——という言い草だ」

「フム」

「亭主の嘉平も内々じゃ若旦那方だったらしいが、下手に新介に盾突いて、追い出されでもすると、二人の娘と若旦那を見てやる者がない——うちの人も口惜しいのを我慢して居たようでした——とこれは女房の声色で」

「娘たちのことは何んにも聴かなかったか」

「如才なく当って見ましたよ。女房も遠慮があるからツケツケ言いませんが、姉のお浪というのは少し困り者で、彦次郎と出来ていることは、町内で誰知らぬ者はないようですね。妹娘のお愛の方はまだ子供だが、これは評判が悪くないようです」

「新介の妾のお為は？」

「あれは大変な女ですよ。海千山千というのがあれで——しっかり取込んでいますぜ。もっとも近頃は新介も鼻について居たようで、お菊という可愛らしいのが来てから、お為は面白くなかったようです」

八五郎の調べはなかなかよく届きました。

「八、少しむずかしい事を頼みたいが――」

平次は何やら思い付いた様子です。

「へエ、まさか金の工面じゃないでしょうね。女出入りやなぐり込みなら驚かねえが」

「馬鹿野郎、誰がお前に金の工面などを頼むものか――本郷、神田へかけて、錺屋を残らず当って見たいんだよ」

「へエ」

「佐渡屋の者が、鍵をあつらえなかったか聞いてもらいたいんだ。鍵は大一番の海老錠の鍵だ。真物を持って行って、この通りこさえてくれと頼んだのじゃあるまいと思うよ。紙へ鍵型を押して行ったか、糝粉に型を取って行ったか――」

「あの座敷牢の鍵でしょう」

「その通りだ――番頭の嘉平は鍵は一つしかないと言ったが、おれはどうも、二つあったに違いないと思うんだ。新介は囲いの鍵を預かって、肌身離さなかったというが、湯へ入る時とか、酔っぱらった時とか、長い間には、必ず隙のあるものだ。そこをねらって鍵型を取られたに違いないとおれは見たんだが」

「そんな事ならワケはありませんよ、ちょいと半刻（はんとき）も経てば――」

「そんな手軽なわけに行けば宜いが、どうかすると二、三十人の下っ引を使って、江戸中の鋳掛屋（いかけや）と錺屋を調べなきゃなるまいよ」

「それにしたところでワケはありませんよ」

八五郎は飛んで行きました。

それからざっと一刻、平次は縁側の春の陽を浴びて、うつらうつらとして居ると、

「親分わかりましたぜ、江戸中歩くつもりで、お膝元の神田から始めたのは大間違いさ。一とわたり近所を当った揚句（あげく）、坂を登って念のため、佐渡屋の向うの錺屋できくと、何んのこった、佐渡屋さんの番頭の嘉平さんに頼まれて、たしかに大一番の海老錠の鍵をこさえたと言うんで」

「フム、真物の見本を持って来たのか」

「紙に墨で押した型ですよ、念のために借りて来ましたがね」

八五郎は懐中から出した半紙、しわをのばして丁寧に畳の上にひろげるのでした。

古い帳面の紙をむしり取ったのへ、墨でベッとり押したカギ型のその下に、円く輪になっているのは、鍵の端を押して軸の寸法を見せたものでしょう。

「鼻の先の錺屋とは気が付きませんね、親分。これが本当に燈台下暗しだ」

「ヘエ、ときどきお前は学者になるんだね、燈台下暗しと来たね」

「ヘッ、学者は本職ですよ。岡っ引は内職で」

「馬鹿だなア」

「鍵が二つあると、何ういうことになります」

「いろいろ面白いことがあるよ。五丁目の錺屋へ、番頭がノコノコ自分で持って行ったところを見ると、鍵をこさえたのは、人殺しとは関り合いのないことだろう。鍵は檻の中に入れられて、一年も窮命させられている若旦那の四郎を、ときどき出してやるだけのものかも知れない」

平次の推理は次第に発展して行きます。

「ところで、この鍵の出来たのはいつだ」

平次はもう一歩進めました。

「ツイ二日前、――一昨日の昼頃だったそうです」

「一昨日の昼頃か、――鍵の型を手に入れるのに、長い間かかったのだろう――そして一年目でようやく若旦那の四郎を座敷牢から出した晩――新介が殺されたのだ」

平次はまた考え込んでしまいます。

「ところで、大変なことを聞きましたよ、親分」

「また大変か、――何が始まったんだ」

「大入道の駒吉は許されて帰ったそうですよ」

「当り前だ、――下手人は佐渡屋の家の中の者で、いつまでも駒吉を留めておくと、元吉親分も引っ込みが付かなくなる」

「――もっとも、許される前に駒吉は、昨夜の亥刻半（十一時）過ぎに、佐渡屋の裏口から、新介の死体を背負って出た者を見たと言ったそうで――」

「新介の死体を背負って出た奴があるというのか」

平次の推理の方程式には、また新しい項が一つ加わった様子です。

「おかげであっしまで、お菊に礼を言われましたよ、――大入道の駒吉の子に、何んだってあんな可愛らしい娘が生れたんでしょう」

「よくそんな下らないことを感心するんだね、――大変はそれっきりか」

「これからが本当の大変なんで——五丁目の元吉親分は、駒吉の代りに今度は彦次郎を挙げて行きましたよ」

「よく手が廻るね」

「元吉親分に言わせると、一と理屈(りくつ)ありますよ。夜中に人知れず新介の部屋に入って、新介を殺せるのは、新介の隣りの部屋にいる彦次郎の外にはないというんで——」

「おれもそれは考えたよ」

平次が彦次郎を挙げなかったのは、何んか事情(わけ)のあることだったのでしょう。

「元古親分は——お浪が一と晩彦次郎と一緒にいたというのは大ウソで、お浪と彦次郎が囲(かこ)いの前で逢引していたのは、亥刻(よつ)（十時）から亥刻半（十一時）までとすると、その後で彦次郎が新介の部屋へ忍び込んで、新介を殺せるはずだ——と斯(こ)ういうんで——」

「なるほど、理屈だな、——が、それにしては、少し変なことがあるぜ」

「？」

「駒吉が、佐渡屋の裏口から、死体を背負(せお)った人間の出たのを見たのが、亥刻半（十一時）少し過ぎだと言ったろう」

「ヘエ」

「すると彦次郎は、お浪と別れてから、ほんのちょっとの間に新介の部屋へ忍び込んで、無理に毒を飲ませて、死にきったところで首を締めて、それから死体を背負ってお茶の水まで捨てに行ったことになる。そんなに忙しい思いをして、手のこんだ人殺しをする奴があるだろうか」

「ヘエ？」

「その上まだ腑に落ちないことがあるんだ。それはお為かお安に聞かなければわからないが」

平次はそれっきり黙って考え込みました。

七

「八さん、お客様ですよ」

隣りの部屋から、お静は取次ぎました。何時まで経っても優しく初々しく、そして昔のままの美しい女房振りでした。

「お客様？　だれです。借金取りじゃないでしょうね」

「女の方よ、八さん。それはそれはきれいな」

「ヘッ——その女の方が恐ろしいんで。この間も女のお客様だというから、慌てて飛んで行くと出あい頭に叔母さんの小言だ。正面から雨霰（あられ）と浴（あ）びせられちゃ、十手捕縄でもあしらいきれねエ」

そんな無駄を言いながら、唐紙を開けてバアと出たところを、

「まア、八親分。あなたは、あなたは」

いきなり胸倉へ飛び付いたのは、何んと佐渡屋の惣領娘、人間は少し甘いが、その代りこの上もなく脂（あぶら）ぎって、この上もなく執念深そうな、お浪の取乱した姿ではありませんか。

「あッ、お浪さん」

「お浪さんじゃありませんよ。八五郎親分があんなに請合（うけあ）って下すったのに、五丁目の元吉親分が彦次郎どんを縛って行ったじゃありませんか」

「待ちなよ、そいつはおれのせいじゃないぜ」

「誰のせいだか知らないが、——彦次郎は引受けた——なんて、大見得を切ったのは

八五郎親分じゃありませんか。それが、それが」

「弱るなア、おい、今も銭形の親分と、その話をして居るところなんだ。おれは全く知らないうちに――」

「しらばっくれたって駄目ですよ。誰が何んと言ったたって、御用聞仲間じゃありませんか。今さらそんな事を言ったたって」

お浪は八五郎の胸倉をつかんだままサメザメと泣くのです。この上もなく色っぽい大女――大肉塊（だいにくかい）と言った感じのする女に圧迫されて、八五郎は唐紙にピタリと背を押し付けられたまま突き飛ばしも払い退けもならず、ただ手足をバタバタさせるだけ。ここにもまさに、十手捕縄でもあつかいきれない相手が出現したのでした。

「元吉親分のしたことを、おれや銭形の親分がかれこれ言うわけには行かないよ。誰にも知られずに新介の部屋に忍び込んで、そっと新介を殺せるのは、彦次郎のほかにはないと元吉親分が言うんだ」

「だから唐変木（とうへんぼく）じゃありませんか、よく調べても見ずに――新介の部屋の一枚唐紙は、恐ろしく丈夫な板戸で、内から一本五寸釘（くぎ）を差して、敷居に留めてあるのを知らないんですか」

「何？」

平次も乗出しました。お浪の話は恐ろしく奇っ怪です。

「夜になると、その唐紙を釘止めにして、中でお為とふざけているんです。お為がいなくたって、あの臆病で用心深い新介が、自分の部屋の唐紙に釘を差さずに寝るものですか。釘は昼のうち長押の上にある筈よ。行って見るが宜い」

お浪のタンカは虹のようです。

「さア、どうして下さるの八親分。あの人を助けて下さらなきア、私ここから一寸も動きませんよ」

お浪は八五郎の胸倉から手を放すと、今度は、六畳の真ん中へどっかと坐って、テコでも動くまじき気色です。

「それは勝手――と言いたいが、ここはお前銭形の親分の家だぜ、――御覧よ、親分は面白そうにニヤリニヤリと笑っているじゃないか」

八五郎はここで銭形の親分に、やっかいな荷物を押し付けにかかったのです。

少し甘口で、血のめぐりの悪そうなお浪は、ずいぶん仕向けようではここに一と晩くらいはがん張るかも知れません。

「八、おれは笑ってなんか居ないよ。邪魔になるなら、隣りの部屋へ引揚げても宜い。じっくりお浪さんと話して見な」

平次は少しからかい面でした。

「じょ、じょう談でしょう。親分そうでなくてさえ持て余して居るんだ、けしかけちゃ殺生じゃありませんか——せめて箒を立てるとか、履物に灸を据えるとか——」

「彦次郎を助けてやると引受けたのはお前じゃないか、遠慮することはない、そこでよく相談しなよ」

と平次。

「弱ったなア」

「弱ることがあるものか——ところでお浪、本当に彦次郎を助けたかったら、こっちの訊くことに一々返事をするかい」

「それはしますとも。私が知っていることならどんな事でも」

平次はついにお浪をここまで引入れたのです。この後の問いは、見事なものでした。

「たとえば、お前は一昨日の晩、亥刻（十時）前から亥刻半（十一時）まで、弟の四郎が入っている座敷牢の前で、彦次郎と逢引していたと言ったね」

「え、言いましたよ。妹に聞いて下さい。そのあいだ私が部屋にいなかったことは妹もよく知って居るはずですから――」

お浪は少しムキになって膝をすすめました。

「するとお前と彦次郎は、肉親の弟の眼の前で逢引したことになるが――」

「――」

「そんな恥かしいことが本当にお前には出来るのか――あの囲いの前は狭くて、六寸四方の窓からのぞけば、中からでも逢引の図は一と眼で見られる筈だが――その上廊下の突き当りには有明も点いていたぜ」

「――」

「お前は恥知らずでなきゃ、大ウソつきだ――どうだお浪」

「ウソじゃありません。私と彦次郎どんは、本当に囲いの前で逢っていました」

「本当か」

「彦次郎どんに聞いて下さい」

「それじゃ囲いは空っぽだった筈だ」

「――」

「その時はもう、四郎は座敷牢から出されていたに相違あるまい」

「え、その通りです。弟はその時囲いの中にいなかったんです。座敷牢は空っぽでした」

「それでいい、おれはそれが知りたかったのだ」

平次の追及は見事でした。お浪はとうとうあの晩亥刻（十時）には四郎はもう解放されていたことを証言させられてしまったのです。

八

この上長居をすると、平次に何を追及されるかわからないと思ったか、お浪は早々に引揚げてしまいました。

「驚きましたね、親分。お浪の奴尻尾をまいて逃げ出しましたぜ」

八五郎は舌を巻いているのです。

「お前の女難も、時には役に立つことがあるよ」

「じょう談で――銭形の親分には寄り付けないから、あんなエテモノは皆んなあっしにからみ付くんで——」

「だから八五郎は好い男さ」

「チェッ」

「まアいい、怒るな。これから佐渡屋へ行って、新介の部屋の唐紙を調べよう、釘をどんな具合に差すか、見ておく値打がありそうだ」

平次と八五郎は、それからすぐ佐渡屋に向いました。

「これは、親分様方、御苦労様で」

迎えてくれたのは嘉平です。

「新介の葬い(とむらい)はどうした」

「昨夜(ゆうべ)のうちに、内々で済ませました。飛んだお騒がせをいたしまして」

「もう一度新介の部屋を見たいが——」

「ヘエ、ヘエ」

嘉平が案内してくれた新介の部屋は、昨日(きのう)のままで何んの変りもありませんが、入口の唐紙は、丈夫な板戸に表だけ模様(もよう)物の紙を張ったもので、よく見ると一番中のさんの中程に穴があって、それが敷居まで突っ通っております。

唐紙の上の長押を手で捜って見ると、果して手摺れのした五寸釘が一本載せてありました。

「夜はこの釘で外からは開かないようにしているのだな」

「ヘエ」

「一昨日の晩はどうだった」

平次は付け入るように激しい問いを投げかけます。

「存じませんが」

「締めきった部屋で新介が殺されて、締めきった部屋から運び出されたわけじゃあるまい」

「――」

「昨日の朝は？」

「私はいっこう存じませんが、家から店へ参りますと、この部屋が開いていて大騒動でございました」

嘉平の答えには、何の巧みがあろうとも思われません。少し気むずかしそうですが、その代り正直者らしい五十男の嘉平は、頑丈な身体と、落着いた態度と、ていねいな物腰とを特長とした、典型的な老番頭だったのです。

「嘉平」

「ヘエ」

「お前はウソをついているな」

「飛んでもない親分」

「お前は一昨日の晩合鍵(あいかぎ)で、宵の内に四郎を囲いから出した筈だ」

「親分」

「昨日——四郎をいつ囲いから出したと聞いたとき、お前は——辰刻(いつつ)（八時）いや卯刻(むつ)（六時）でしたといった。うっかり前の晩の戌刻半(いつつ)（九時）に出したことをいってしまって、あわてて翌る朝の卯刻(むつ)（六時）と聞えるように言い直したろう」

「——」

嘉平は黙ってしまいました。平次の語気はいつになく峻烈(しゅんれつ)です。

「まだあるぞ嘉平」

「——」

「女房と口を合せてお前は戌刻（八時）に帰ったことにしているが、亥刻（十時）過ぎまでここにいたのを幾人も見ているのはどうしたわけだ」

「――」

「そればかりではない。お前は五丁目の錺屋に頼んで、囲いの合鍵を造っているではないか――鍵の出来たのは、新介の殺された日だ」

「――」

「この紙に押したカギ型をお前は知らないとはいうまい。どうだ嘉平」

平次の突っ込みは、まことに息もつかせません。

「恐れ入りました。親分――申し上げようと思いながら、ツイいいそびれておりました。――全く私一存で合鍵を作って、若旦那を囲いからお出し申したに違いございません」

嘉平はとうとう恐れ入ってしまいました。さすがに縁側に崩折れもしませんが、柱につかまった手は、ワナワナとふるえております。

「確にお前の一存か」

「左様でございます――若旦那はお気の毒でございました。ほんの若気の過ちで、少しばかりの費い込みを洗い立てられて、あんな座敷牢の中へ一年も押し込められていたのでございます――奉公人の私が何んと申し上げたところで、通るはずもなく、うっかりいい過ぎて、この店から追い出されでもしますと、若旦那を始め、二人のお嬢様方が、どんな事になるか、考えただけでも恐ろしゅう御座いました」

嘉平は涙さえ浮べて、こう口説くのでした。この気むずかしい老番頭の胸の中に、思いも寄らぬ誠実なものを発見して、平次と八五郎は妙に身につまされたのです。

「もういい、――帰るとしようか八」

「ヘエ」

これっきりで帰るのが、八五郎には物足りないような気がしますが、平次には何にか考えることがあるのでしょう。

「ところで下女のお安はいるだろうな」

平次は帰りかけてフト立ちどまりました。

「先刻までおりましたが、また持病の腹痛を起して、明神下の見道様（内科医）のところへ行った様子でございます――何んか御用でしたら、私から申しますが」

嘉平は追いすがりかげんに申します。

「いや、それほど急ぐわけではない」

平次はいい捨てて、八五郎を促がすように外へ出ました。

「八」

「ヘエ」

平次の声は改まりました。

「今晩そっと佐渡屋へ行って――誰にも知れないように、下女のお安に逢ってくれ」

「ヘエ」

「これだけの事をきくんだ――昨日の朝、新介の部屋の唐紙が開いていたか、それとも閉めて釘を差してあったか」

「新介の膳――一昨日の晩の膳を誰がこさえて、誰が洗ったか」

「ヘエ」

八五郎は何が何やらわからずにうなずきます。

九

　八五郎は一と先ず向柳原（むこうやなぎわら）の自分の巣へ帰って米ました。叔母さんの家や、親分の平次の家へ、心のどかに居候をしていましたが、さすがに三十近くなると世間の手前もあり、叔母さんにいわせると、嫁をもらう支度もあるので——叔母さんの家から遠くないところ、荒物屋の二階を借りて、ウジのわきそうな巣を営（いとな）んでいたのです。

　これから帰って、火をおこして、おかずをこしらえて、世間並に晩飯にすることが、八五郎に取っては驚くべき努力で、考えただけでも憂うつになりますが、毎日毎日親分の平次のところにもぐり込んで、お静の世話になるでもあるまいといった、妙に弱気になる八五郎でもあったのです。

　向柳原のとある路地を入って、荒物屋の横から、荒い格子（こうし）を足で開けると、

「おや、八親分、お帰んなさい。二階にお客様ですよ」

「？」

「きれいな女の方——お安くありませんね、親分」

荒物屋のお神さん、恐ろしく呑み込んだ中婆さんが、八五郎の顔をみると、ニヤリニヤリと笑っております。

これで今日は、女のお客様の二人目です。

「やけに南瓜（かぼちゃ）の当り年で、ヘッ」

八五郎は首をすくめたまま、階段をトントントンと踏みました。上で待っている『きれいな女』という客のことを考えると、背筋（せすじ）がムズムズするほど、何やらこみ上げて来ます。

「おや、お帰んなさいまし、親分」

その足音を聞いて、階段の口に白い顔を出したのは、何んと一昨日殺されたばかりの新介の思い者、もとは芸者もして居たという、小唄の師匠（ししょう）のお為ではありませんか。

「何んだ、お前か」

「あら――何んだお前か――はないでしょう」

お為は大きな表情を見せて、自分の家へでも案内するように、八五郎の先に立って、今まで坐っていたらしい火鉢（ひばち）の前に陣取るのです。

「何んの用で来たんだ」

「まア何んという御挨拶でしょう」

「若い女が、勝手に入り込んだりすると、したのお神さんに変に思われるじゃないか」

八五郎は少しばかり以ての外です。まだ弥造も抜かず、座布団の上に突っ立って、お為の装いをこらした姿を見下ろしているのでした。

「若い女――といわれたのは嬉しいけれど、邪魔物あつかいは可哀想じゃありませんか。親分。八五郎親分ったら――」

「ともかく、帰ってもらおうよ。お前は佐渡屋の人間だ、まさか人殺しの下手人じゃあるまいが、いろいろ関り合いのある人間じゃないか。お上の御用を聞いてる者のところへ、のこのこ入り込むという法があるか」

「まあ、怖いわよ、親分。いえ、八五郎さん。そんな顔なんかして好い男の八さんが台無しじゃありませんか――そんなに白眼んでばかり居ずに、まア、座布団の上に腰をおろして、私のいうことを聞いて下さいよ。私はもう佐渡屋の人間ではないんですもの。今晩帰って寝る場所もない、可哀想な宿無し女じゃありませんか」

お為の口説は悩ましくもつづきました。

「ね、八親分、少しは私を可哀想だと思って下さい。家までたたんでしまって、鍋一つない私が、今さら昔の小唄の師匠になるにしたところで、身一つで投り出されていったいどうしたら宜いんでしょう」

「――」

「新介さんが死んでしまえば、たった一日も私をあの屋根の下に置く人たちじゃありません。お葬いが済むまでは、それでも黙っていたが、今日になるともう、娘たちはいうまでもなく、あの下女のお安までが、私を白い眼で見るんです」

「――」

「私は新介さんの後を追って、よっぽど大川へでも飛び込もうと思ったけれど、考えて見れば口惜しいじゃありませんか。新介さんの首に縄まで掛けて、野良犬か何んかのように殺した揚句、お茶の水へ投り込んだ悪者が、のめのめとあの家に住んで居るんですもの。ねえ八さん」

お為はそう言いながら、涙を拭いたり、鼻をかんだり、胸へ手を入れたり、前づまを直したり。

いつの間にやら火鉢の胴をグルリと廻って、むずかしく坐った八五郎の肩へ、なよなよとしなだれかかるのでした。

「誰がいったい新介を殺したというのだ」

八五郎の職業意識は少しばかり目覚めました。

「わかって居るじゃありませんか――彦次郎でなきゃ、あの二人の娘――どうかしたらあの番頭の嘉平かも知れません。あの人たちは道楽者の四郎を座敷牢から出して佐渡屋の店を自分の思うままにしようとたくらんで居るんですもの」

「証拠があるのか」

「証拠のないのが証拠じゃありませんか。三人も五人も集って、さんざん智恵をしぼって、私の留守に新介さんを殺し、毛ほどの証拠も残さないように始末をしたんですもの」

「――」

「ね、八五郎さん――今晩こそはどんな事をしても――泊り込みで親分を口説き落し、あの悪人どの退治に乗出して頂くつもりで、この通りいろいろな用意までして来ましたよ――それから、もうすぐ仕出しの御馳走も届く筈よ、それまでのつなぎに先ず一つ」

そういいながら、お為の華奢な手は、どこから出したか、猫板の上に猪口を並べて、いつの間にやら用意したらしい、銅壺(どうこ)の中の徳利(とっくり)を抜くのです。袖口を口にくわえると、八つ口から赤いものがこぼれて、徳利のしずくが、真珠色(しんじゅいろ)に光る女の腕をぬらします。

「さア、八さん」

「冗談じゃない、おれは独り者だぜ。泊る気なんかで居られてたまるものか」

八五郎は大きく手を振りました。

「だから宜いじゃありませんか、誰がつれあいのあるところなんかへ押込むものですか」

「まるで押込みだ」

「八さんは、程が良いからですよ。ウフ」

あやしい含(ふく)み笑いが、薄暗くなった部屋の中をカッと桃色にします。

八五郎はようやくお為を引き離して長火鉢を挟んですわりました。その長火鉢というのは、かつては親分の平次の家の物置の中に転がっていた大時代物、猫板が反っくり返って、落し穴があいて、濡場(ぬれば)の小道具には、少しばかり色気がなさ過ぎました。

「親分、表通りの花屋から、お料理が届きましたよ」

階下の荒物屋のお神が、梯子段をミシリミシリさせながら、岡持と白丁と、徳利から猪口まで運び上げます。

「お神さん、間違いじゃないか。おれはそんなものを頼んだ覚えはないぜ」

「八五郎親分のところへ――との口上でしたよ。町内に八五郎親分は二人も三人もあるわけじゃなし、ウ、フ」

お神は肩をすくめたまま、お為と顔を見合せて、階下へ逃げてしまいました。

「まア、宜いじゃありませんか、八親分」

岡持を引寄せて、白丁から徳利へ酒を移して、お為は手際よく猫板の上に並べます。

「何んだ、お前の差し金か」

「誰だって宜いじゃありませんか――おやおや、おかんをつけようにも、銅壷は水で、炭のかけらもないんですね」

「ま、待ってくれ、おれは素姓の知れない酒なんざ飲みたくない」

「まア、怖い、そんな眼をして、八親分もキッとなると、飛んだ苦味走った男ね」

「馬鹿にするな」

「素姓の知れない酒じゃありませんよ。これでも表通りの酒屋では一番良いので、灘の生一本とは行かないまでも、生三本半ぐらいのところよ、ウ、フ」

そんな事を言ってはぐらかしながら、器用に炭をついで火を熾して、徳利の尻を銅壺に落します。

「──先ず冷たいのを一つ、どう、八親分。おかんの付くまで顔と顔を見合わせて居ちゃ、照れ臭くなるじゃありませんか」

お為の白い手が、猪口を軽くつまんで、八五郎の前へさり気なく置くのです。

「おれは止そうよ──酒なんか飲みたくはないよ」

「まア、うそばっかり──先刻から白丁を眺めて生唾ばかり飲んでいるのはどなた」

「止さないかよ、冗談じゃない。素姓の知れない酒なんか──」

「だから、なだの生三本半」

「ふざけちゃいけない──一体おれに酒を飲ましてどうしようというのだ」

この女の思惑を測り兼ねて、八五郎も少し身を入れました。喉がヒクヒクするのは別として、一杯付合って、この女が何を言おうとするか、それを聴いて見るのも悪くないといった、妙に妥協的な心持になる八五郎だったのです。

「口説くのよ、八親分」

お為は少し居崩れます。

「馬鹿にするな」

「――さあ、おかんが出来ました。少しぬるいかも知れないけれど」

お為はポーズを作って、否応いわせず、八五郎に猪口を持たせます。

階下からは行燈に灯りを入れて持って来たお神、そっと部屋の中へ滑らせて、忍び足に階下へおりて行く、妙に粋をきかせた振舞いが、八五郎をいら立たせずには措きませんん。

「チェッ、いやに行届くぜ」

お神の後ろ姿を見送って思わず舌打ちをした八五郎は、いつの間にやら杯を取って、立てつづけに五六杯飲んでいたのです。

「差しのお話は、灯りなんか要らないのにねエ、八親分」

お為は火鉢の角を廻って、もういちど八五郎の横へ来ておりました。片手に徳利、そして左手はいつの間にやら八五郎の膝にそっと掛っているのです。

「ところで、自腹を切って、おれを口説きに来たわけじゃあるめえ。ここへはいったい何んの用事でやって来たんだ」

八五郎は猪口を置きました。眼が少しトロリとして、長いあごがのの字を書きます。

「あら、用事なんかあるもんですか。口説くつもりでなきゃ、まさかねエ、自腹まで切って」

「止せやい、おれはそれほど自惚ちゃいねえ。第一、お前の亭主も同様の新介が死んで、まだ初七日も済んじゃいないだろう」

「その新介さんの怨みを晴らしたさに――親分を頼って来たと言ったら」

「うそだ、新介殺しの一件は、まだ眼鼻もついちゃいない。その用事ならおれのところへ来るより、銭形の親分のところへ行くがいい」

「銭形の親分は寄り付けやしませんよ。それにあの評判の恋女房、お静さんが側に付いているし」

「それでおれをどうしようというのだ」

「新介さんを殺した下手人を、きっと挙げてやると私に約束して下さいよ」

「そんな馬鹿な約束が出来るものか」

「それじゃ私、一と晩ここを動きませんよ。八親分の首っ玉に噛り付いて」

お為は身を揉んで、下から斜に八五郎を見上げるのでした。

その身体を揉む度に、得ならぬ匂いが発散して、薄暗い部屋の中一パイに、艶かしい空気がただようといった、手の付けようのない悩ましさに責め立てられながら、八五郎は魔除けのような心持で、しきりと杯を重ねるのです。

「おや、もう亥刻（十時）か、こいつはいけねえ」

火の番の拍子柝の音を聞きながらフラフラ立上がる八五郎。

「あれ、何処へいらっしゃるつもり、八親分」

お為はその肩に手を掛けて、もとの座にもみ込むのです。

「おれは佐渡屋へ行く用事があったんだ」

「佐渡屋はもう店を閉めてしまいましたよ」

「店に用事があるものか、裏口からちょっとお安を呼び出しゃ宜いんだ」

「まア、八親分があの人と逢引？」

「馬鹿にしちゃいけねえ」

「では、明日の朝のことにしましょう。今晩はゆっくり私と付き合って――」

「酒となら付き合うが、お前となんか付き合いたかアねエ」

「まア、何んという悪い口」

お為はツイと寄って、自分の豊かな頰を、八五郎の少し髯の延びかけた顔に持って行こうとするのです。

「止せやい、新介が化けて出るぜ」

八五郎はそれを威勢よく払いのけました。

「その新介さんが、近頃ではもう私なんかには構ってくれなかったんです」

「何？」

お為の言葉は、八五郎の酔った神経にも、少しばかり異様に響きました。

「昔はずいぶん――人様に何んとかいわれるほど私のことを思ってくれた新介さんでしたが、あの野だいこの娘のお菊が来てからは――」

「お菊がどうした」

「あんなに若くて可愛らしいんですもの、口惜しいけれど、私なんか」

お為の調子には、妙に真剣さがありました。――紛らしようもごま化しようもない真剣さ。それは女の嫉妬だけが持つ、息苦しい緊張さといっても宜いでしょう。

「それでお前は？」

「飛んでもない、八親分。だからといって私はあの人を何うしようと思ったわけじゃありません。素人衆と違って――さんざん苦労して来た私ですもの――」

芸者から小唄の師匠へ、華やかで浮気っぽい空気の中に半生を過したお為が、四十年輩のたいした男振りでもなかった新介に、命がけの嫉妬を起すということはあり得べからざることです。

「もう宜い――おれは眠くなったよ、帰ってくれ」

八五郎は、遠慮のないあくびを二つ三つ続けざまに浴びせて、残った酒を絞っております。

「帰りゃしませんよ――私は帰ろうにも家はないんですもの――そんな邪慳なことをいわずに泊めて下さいな、八親分」

「冗談じゃないぜ、おれは独り者だ。女を泊めたとあっちゃ縁談の口に障る」

「まア、何んという言い草だろう」

「だから帰ってくれ、頼むから」

八五郎はフラフラと起ち上がりました。少し前づまが乱れて、由良さんになります。

「私を帰してからそっと出かけるんでしょう。あの娘のところへ」

「馬鹿な事をいえ」

「そうですよ――でもなきゃ、そんなに邪魔にするはずはないじゃありませんか」

「頼むから帰ってくれ」

「拝んだって駄目」

お為は八五郎の手をかい潜って梯子段の降り口へ大手を拡げるのでした。

「帰らなきゃ――どうしてくれよう」

中腰になったまま、こんどは白丁の口からタラタラと猪口へ絞る八五郎です。

「どうでもして下さいよ、八親分。いえさ八さん」

「あッ、畜生ッ、いきなり首っ玉へかじり付く奴があるか」

「えッ、口惜しいッ、それほど嫌いなら、首っ玉にかじり付いたまま、梯子から落ちて無理心中をするから」

「あッ、止さないか、あやまった――」

騒ぎは深刻になるばかりですが、階下のお神は心得て、助け船にも来てくれず。ようやく階下にお為を追い落した八五郎は、押入から布団を引出すと、柏餅になってその中に潜るのが精いっぱいでした。

「梯子段の下に私が番人をしていますよ、何処へも出しゃしません、八親分」

階下からはお為の声、この女は本当に梯子段の下に床を敷かせる様子です。

十

翌る朝、八五郎が口を覚した時は、お為はとうに退散して荒物屋のお神の、ニヤニヤした顔が面白そうに八五郎の顔を追います。

「どうした、あの女は？」

「夜が明けるとすぐ帰りましたよ。しょんぼりとね」

「呆れた女だ」

「でも、八親分は、飛んだわけ知らずよ。私はすっかり見損なっちゃった」

「何を、つまらねエ」

支度もそこそこ出かけた八。行く先はいうまでもなく佐渡屋、ゆうべ果し兼ねた、下女のお安に逢うためだったのです。

あごの下に弥造を二つ並べて、春の朝の大気の中を泳ぐように、お勝手口からヌッと顔を出すと、

「お、八か」

親分の平次は、もう此処に来ているではありませんか。

「お早よう、親分」

「今お前のところへ、人をやろうと思っていたよ——ゆうべお安に逢った時の様子が知りたかったんだ」

「下女のお安ですか」

「お前に頼んで置いたじゃないか。お安の口から、聴き出したいことを——」

八五郎はハッとしました、まさに面目しだいもない成行です。

「それがその、親分、逢わなかったんですよ」

「何？」

「出かけようと思っていると、邪魔が入ってね」

「邪魔が入っても来られない筈はないじゃないか」

「それがその、夜っぴて動かない邪魔もんで」

「で、とうとう来なかったのか」

「へエ」

「馬鹿野郎」

「――」

八五郎は怨めしそうに平次の顔を見上げました。朝っぱらから浴びせられるにしては、これは少し厳し過ぎました。

「此方へ来て見ろ、お前が昨夜どんな間抜けた事をしたか見せてやろう」

「へエ」

平次に手を取られぬばかり、お勝手の後ろの女中部屋へ行くと、そこには五、六人の人立ちがして、その中に下女のお安が死体を横たえて、湯島の元吉と、町内の見道という本道（内科医）が何やら一生懸命調べて居るではありませんか。

「親分、これはどうしたことです」

八五郎もさすがに驚きました。たった一と晩の違いが、人間の命を一つ棒にふらせた上、この怪奇な事件をいよいよ解き難いものにしてしまいそうです。

「こうなっちゃ、お安はもう口をきかないよ——呆(あき)れた野郎だ。ゆうべお前が出かけるのを邪魔したのは誰だ」

平次は息もつかせずに突っ込みます。それにしても八五郎の怠慢(たいまん)をこんなに責(せ)めるのは珍らしいことでした。

「私ですよ、銭形の親分。八五郎親分の邪魔をしたのは、私のせいです」

人立ちの後ろから声を掛けたのはお為です。

平次は黙って振り向きましたが、お為のヌケヌケとした顔——その実に腹の立つほど仇(あだ)っぽい顔を見ると、何にか言おうとしましたが、皮肉な微笑を浮べたまま、それっきり口をつぐんでしまいました。

「相済みません、親分」

八五郎は、ひたい際の冷汗を拭きながら、もういちどお安の死体を見やりました。

僅かばかりの吐血(とけつ)と、たいした苦悶のあともなく、麻痺(まひ)状態のまま死んだらしい、死体のゆがみなど、これは何処かで一度見たことのある恰好ではありませんか。

「新介と同じ毒でやられたんですね」

「その通りだよ」

平次はようやく機嫌を直したらしくうなずいて見せます。

「石見(いわみ)銀山じゃないか、銭形の」

五丁目の元吉は顔を上げました。

「いや、石見銀山の鼠捕りは砒石(ひせき)だ。吐いたりもがいたりするからこんな伸んびりした死に顔じゃない」

医者の見道は坊主頭を振ります。

「お安だけが飲食したものは？」

平次は四方(あたり)を見廻しました。

「夕食に皆んないっしょで、同じものを食べました。へエ」

番頭の嘉平です。

「すると――」

「昨日持病の腹痛が起ったといって、見道先生に診(み)て頂いた筈ですが――」

「私の薬に間違いがある筈はない。一と週(まわ)り（七日分）持たしたが」

「すると――」

「この通り、私の薬はここにありますよ――七服のうち、一服なくなっているが」

見道は死体のそばに置いてあった手箱の中から、薬の包みを出して見せております。

銭形平次はそれを聞くと、大急ぎでもとのお勝手に取って返しました。流しの上の棚から、戸棚の中まで、目と手を働かせて、ザッと見廻しましたが、煎じ残りの薬も飲み残りを入れた茶碗もなく、幾つかの鍋や椀が、きれいに洗って、あるべきところに重ねてあるだけです。

「八、その鍋の中に、濡れているのはないか、匂いの残っているのはないか」

「へエ」

八五郎は平次の声を聞くと、心得てざっと鍋や茶碗を調べて行きました。騒ぎに紛れて、まだ朝の支度もしなかったらしく、お勝手はよく片付いておりますが、そういわれると小さい土鍋が一つ濡れたままに、流しの向うに伏せてあるのです。

「これでしょう、親分。少し匂いますよ」

「それじゃ――どこかに中味を捨ててある筈だ――家の中じゃあるまい。下水の中、ごみためなどを念入りに捜して来い」

八五郎は飛び出しました。その後に残った平次は、何やら深々と考えております。

「何んにもありませんよ、親分」

しばらくすると八五郎が、つままれたような顔をして入って来ました。

「いや、おれが悪かったよ。下水やごみためへ捨てるのは誰でも考え付くことだ――家の中に違いあるまい、曲者は外へ出る隙がなかったかも知れない」

平次はお勝手をグルリと見廻します。

平次の指図で、折から駆け付けた土地の下っ引が二、三人、八五郎に力を協せて、家中隈なく捜し抜きました。

「ない」

一刻ほどの活動の後、埃と煤に塗れた顔が、三つ四つお勝手に集まって、いまいましくもこう言うのです。

「どこにも薬の煎じ殻なんかないぜ」

「お安がまさか一と鍋の苦い薬を殻ごと飲んだわけじゃあるまい――きっと何処かにあるに違いない」

それは銭形平次の自信でした。

「親分、奥の部屋の火鉢の灰が湿(しめ)っていますよ」

八五郎が鼻をピクピクさせながら来ました。

「フム、匂いをかいで見たか」

「少し薬臭いようで」

平次は八五郎に案内させて奥へ行くと、桐(きり)の火鉢を一つ、縁側に引摺り出させました。

「中の灰を捨てて見な——庭石の上が宜いな」

「おや、おや？」

「やっぱり薬の煎じ殻だろう——誰の部屋にあった火鉢だ」

平次もツイ庭下駄を突っかけて外へ出ておりました。

「若旦那の四郎の部屋ですよ」

八五郎はそっとでも言うことか、佐渡屋の店中にひびき渡るほど張り上げます。

「四郎はいるのか」

「朝早く、観音様へお詣りに出て行ったそうで、まだ戻りませんよ——ようやく座敷牢(ろう)から出たのでお礼詣りのつもりでしょう」

「フム」

物事は妙にこんがらかりますが、疑問の焦点は、北を指す磁石(じしやく)の針のように、若旦那の四郎をピタリと指して居るのです。

「その灰の中から出た薬の煎じ殻を見せてもらいましょうか」

騒ぎを聴いて、医者の見道が坊主頭を庭先に出しました。

「薬だか灰だが、わからなくなって居るぜ」

八五郎は庭石の上の灰と、薬の混合(こんごう)物をかき廻しております。

「どれどれ、それでも見分ぐらいはつくだろう――なるほど、これはひどくなって居るが、待って下さいよ、私が調合した物ではない――妙に青黒い物が交っているようだが――なるほどこれは可怪(おかし)い」

見道は灰の中から異様な物を選り出して懐ろ紙に取っております。

「何んだろうな見道先生、それは？」

平次はその側に寄りました。

「わからない――があの死に様を見ると、いずれ恐ろしい猛毒に違いあるまい。石見(いわみ)銀山などではない——鳥兜（とりかぶと）やありふれた毒草でもない」

「すると？」

「本草の大家に尋ねて見よう。しばらく待ってもらいたいが——」

見道は懐ろ紙の中の品を、大事そうに包んで帰って行きました。

「親分」

そこへ果し限（まなこ）で飛び込んで来たのは八五郎でした。

「何んだ、八」

「五丁目の元吉親分が、四郎を縛って行きましたよ」

「恐ろしく気が早いな」

「若旦那の四郎が観音様から戻って来るのを、明神坂の下で待ち構えて、物も言わずに縛って行ったそうで——」

八五郎は口惜しそうでした。

「これで三人目か、気の毒なことに元吉親分もあせり過ぎるようだな」

「駒吉を縛って、彦次郎を縛って、こんどは四郎は気が多過ぎるね。お次はお為でも縛るか、——あっしの家の梯子（はしご）の下で一と晩明かしたとは、さすが元吉親分も御存じあるめえ、ヘッ」

八五郎はペロリと赤い舌を出したのです。

「馬鹿野郎」

「ヘッ」

「何んと言う恥(はじ)っかきな奴だ」

平次はもっての外でした。

「尤(もっと)も、元吉親分が四郎を縛ったには、事情(わけ)がありますよ」

八五郎は話題を変えました。

「どんなわけだ」

「元吉親分に耳打ちをした人間があるんだそうで――」

「――」

「親分が気にして居た、新介の部屋の格子――二本外れてフラフラになって居ましたね」

「ウン」

「あれを打ち付けたのが四郎なんだそうですよ――格子の釘を打つくらいなら、あの格子が外れて居ることを知られたくない奴にきまっているでしょう」

「――」

「新介の首を締めたのは、あの外れている格子を潜って入った人間に違いないという見当で元吉親分は四郎を縛ったに違いありません。それに、四郎があの晩宵のうちに座敷牢から出されているから、恨み重なる新介を一刻も放っちゃ置かない筈だ――というんで」

「尤もだな――元吉親分の見当は、さすがに図星だよ」

「感心しちゃいけませんよ、親分」

「だが、四郎が新介を絞め殺したということになると、自分の部屋の火鉢の底に、お安を殺した薬の煎じ殻を捨てたのはどういう了見だ」

「?」

「新介に毒をやったのは誰だ――格子を潜って入った四郎が、新介に毒を呑ませる工夫はないぜ、八」

「親分」

八五郎は長んがいあごを撫でたり、眼をパチパチさせたり、纏りそうもない考えを追って、頭の中の堂々巡りをしております。

「八親分」

「？」

振り返った八五郎の首っ玉へ、滅茶滅茶に噛り付いたのは、姉娘のお浪でした。大きな身体、白い肉塊、そして息苦しくなるような体臭を発散させて――

「元吉親分は、とうとう私の弟まで縛ったじゃありませんか」

「それがおれの知った事かい」

「同じ十手仲間のくせに、知らないなんて言わせやしません」

「おい頼むから、その腕だけはゆるめてくれ」

「だから、弟の四郎を助けてやって下さい。あの子が新介やお安を殺すなんて、そんな馬鹿なことがあるものですか」

お浪は涙声になって、八五郎の首っ玉をさいなむのでした。

十一

「親分、お願いでございますが――」

番頭の嘉平の思い詰めた顔が、納戸(なんど)の暗がりから平次を迎えました。

色っぽくて、少し足(た)りないお浪の始末は、しばらく八五郎に任せて、もういちど新介の部屋の内外を調べて置こうと思った平次は、思わぬところで、この番頭にからみ付かれたのでした。

「何んだえ、番頭さん」

平次はさり気なく足を留めて、突き詰めた番頭の顔を見やりました。

この中老人は、頑固(がんこ)で無愛想で百姓のように丈夫そうですが、妙に人に迫る強さを持っているのです。

「私を縛って下さい――親分」

「何んと言うのだ」

「支配人の新介さんを殺したのは、私でございます」

「何？」

平次も驚きました。新介殺しの四人目の下手人が――今度は自分で名乗って出たのです。

「新介さんのやり方があんまりヒドイので見るに見兼ねて私が殺しました――若旦那の四郎さんは何んにも御存じはありません。どうぞ私を縛って、若旦那を許して下さい。お願いでございます」

そう言いながら、この上もなく頑丈な嘉平が、廊下の板敷にヘタヘタとすわり込んでしまいました。

「フーム」

平次は冷静を取戻すと、この老番頭の前にしゃがみ込んで、苦渋にゆがんだ顔から、何やら読み取ろうとしている様子です。

「親分」

「よしよし、お前が新介を殺したとして、いったい、どこからあの部屋に入ったのだ」

「格子を外して、窓から入りました」

「足跡がなかったようだが――」

「庇の下の乾いたところを歩けば足跡はつきません。それくらいの用意はいたしました」

「それから、どうした？」

「新介は酔って寝ておりました」

「床を敷かずにか」

「床は敷いておりましたが、殺した後で、新介さんが一人で外へ出たように見せかけるために、床は私が畳みました」

嘉平の話は予想外ですが、次第に平次が考えていたツボにはまって行きます。

「もう少し詳しく聞こう——何んで殺したのだ」

「行李の縄で絞めました——縄は部屋の中にございました。お菊をおどかすつもりで、新介さんが出したものでございましょう——その前に大騒動しておりましたから。その晩、お菊が危うく手籠めに逢いそうになった話は、店中で知らない者もありません。その後でお安が呼ばれて、こわれた皿小鉢を片付け、新しい酒と魚の用意をさせられたのです」

「それから——？」

「支配人を殺しましたが、家の中に死骸を置いては面倒だと思いまして、前後の考えもなく、窓から死骸を運び出し、裏木戸から持ち出しましたが、人が来た様子なので、お茶の水の崖（がけ）の上に捨ててしまいました」

嘉平はそこまで話して来ると、張り詰めた気がゆるんだものか、ガックリと首を垂（た）れます。

「お茶の水の崖で見かけた人影というのは誰だか見当がつかないか」

平次はようやく聞き返しました。

「あわてて居りました――誰とも見当はつきません。死骸を捨てて逃げ出したのが精いっぱいで」

それは多分大入道（おおにゅうどう）の駒吉だったのでしょう、平次の胸の中には、その時の様子がはっきり描（えが）き出されます。

「死骸をお茶の水へ捨てても、何んにもならないではないか」

「今になって考えるとその通りでございますが、――その時は、新介さんはあの通り人様に怨まれておりますから、死骸さえ家の外へ捨て置けば、お上のお役人も下手人は家の外の者と思われるに違いないと思い込みました」

「寝巻を着たまま、外へ殺されに出る人間があると思ったのか」

「あわてたのでございます、親分」

嘉平は悲しくも苦笑いをするのです。

「前々から考えてやったことなら、そんなにあわてる筈はないじゃないか」

「――」

平次はこの老番頭の言葉を無条件に信ずるにしては、あまりにもいろいろの事を知っておりました。

「お前は良い身体をしているが、何貫くらいある？」

不意に、途方もないことを聞きます。

「十七八貫もございましょうか、若い時分は十九貫以上ありました」

「若旦那の四郎は」

「あの通りお丈夫でない上に、長いあいだ座敷牢に入れられておりましたから、十二貫もあれば結構な方で――」

平次の問いはますます奇っ怪です。

「その若旦那の四郎を、お前はどう思っている——本当に佐渡屋のために、座敷牢に入れて懲らさなきゃならないような人間だと思うか」

「飛んでもない、親分。若旦那は少し気が強いだけで——まことによく出来た方でございます。それを少しくらいの落度を言い立てて、座敷牢などに入れる、新介さんの方が無理で——この儘にして置けば、この佐渡屋の身上は、皆んな新介さんに横領され、若旦那を始め、二人のお嬢さんも、路頭に迷うことになりましょう」

嘉平は不平のハケ口を見出したように、日頃の慎み深い態度に似ず、一気に新介に対する非難をしゃべり続けるのでした。

「新介は、佐渡屋のものを大分取り込んでいるという、世間のうわさだが——」

「帳面のことは、私も一応は限を通します。この二三年の間に、行方不知になった現金だけでも、ざっと三千両はございます。その外向島の寮——これは先代の御主人が立てた立派な寮でございますが——それも何時の間にやら新介さんの名義になって、近ごろは暇さえあれば出かけて、お為さんといっしょに泊って来たりいたします」

嘉平の言葉から、新しい事実が次から次へと現われて来るのでした。

「親分」

そこへ飛んで来たのは八五郎でした。

「その番頭が自首して出たって本当ですか」

「そうだよ。番頭さんは、自分で新介を殺して、死骸をお茶の水に捨てた——と言うんだ」

平次は自分の前に崩折れた姿の嘉平を指しながら言うのでした。

「じゃ、どうして縛らないんです？　親分」

八五郎の調子には、充分に非難の響きがありました。湯島の元吉が三人まで縛ったのに、平次は驚く色もなく、平然としてそれを見て居るのが腹立たしかったのでしょう。

「元吉親分にそう教えてやるが宜い、四人目を縛る気になるかも知れないよ」

「ヘエ？」

「おれは御免蒙(こうむ)るよ。新介は首を絞められて死んだのじゃない——それはお前も知ってる筈だ」

「それに、あの窓の格子は二本くらい外(はず)したって、大の男の嘉平が死骸を背負っちゃ通れないよ。うそだと思うならやって見るが宜い」

「本当ですか、親分」

八五郎はすぐ飛び出そうとしました。

「待ちなよ。八、気の早い奴だ――新介の部屋の格子を見に行くなら、序に格子の外の足跡を見て来てくれ、土蔵の庇間の足跡だ」

「へエ？」

「この家へ来て一番先に見付けた格子の外の足跡は、まだそのままになって居るはずだ。あの足跡と並べて、庭下駄をはいてお前の足跡を付けて見るんだ。どっちが深くつくか」

「へエ」

八五郎は何が何やらわけが解らずに飛んで行きました。その後に取残されたように、番頭の嘉平の次第に不安の募るのを、平次は見のがす筈もありません。

「親分――ありゃ子供の足跡ですぜ」

まもなく八五郎は外から帰って来ました。

「お前の足跡より浅いか」

「浅いにも何んにも」

「お前は何貫くらいあるんだ」

「こう見えても五尺五寸十五貫はありますよ」

「恐ろしく育っちゃったね——少しフヤけちゃ居ないか」

「冗談で」

平次とガラッ八はこの期に臨んでも真面目なやりとりばかりはして居ません。

「それで宜いんだよ——格子はどうだ」

「もう一度二本引っ外して見ましたが——釘穴が大きくなって居るから、力任せに引くと苦もなく外れましたよ」

「五尺五寸十五貫が無事にもぐれるか」

「裸になったらもぐれるかも知れませんが、装束が重いから駄目ですね」

「そんな事だろう——格子をもぐって入ったのは、お前より一とまわり大きい番頭さんじゃないということが判れば宜いのさ——それに入った足跡だけで出た足跡がないのはどういうわけだ。出たか入ったかは八文字に開いた下駄の跡でわかるよ」

平次の説明は行き届きました。

「すると下手人は？　親分」

「わかればおれが縛って居るよ。まだわからないから不思議じゃないか」

「へエ、驚きましたね」

「おれも驚いて居るよ――こんな悪智恵の働く下手人は滅多にあるものじゃない」

「あッ、親分あっしは向うへ行きますよ」

八五郎のガラッ八が話半分で逃げ出したのも無理はありません。その時また姉娘のお浪が八五郎の姿を見付けて向うからやって来たのです。

「お浪、ちょいと待ってくれ」

八五郎の後を追いそうにするお浪を、平次は呼び止めました。

「あの、私で？」

もうクネクネと肥満な肉体を表情的に振り返るお浪です。

「八の野郎は名題の女嫌いさ、追っ駆けてもあまり頼母しくはないぜ」

「まア、親分さん」

「それよりは、おれの話を聞いてくれ」

「――」

「外じゃないが――新介と彦次郎は仲がよかったのか」

「飛んでもない親分」

お浪は以ての外といった顔をするのです。

「では、彦次郎も、新介を怨らんでいる方だね――変な顔をしなくたっていいよ、おれは彦次郎を下手人だとは思っちゃ居ない。新介の部屋の入口の戸は、内から釘を差してあった筈だから、中からは出られるが、外からは入れなかった筈だ」

「その通りですよ、親分。新介どんはあの戸を外から開かないようにして、お為とふざけて居たんです」

「だから、新介を怨んでいたところで彦次郎は下手人じゃないのさ」

「親分のように、そうわかって下さると彦次郎どんは助かりますよ。ね、親分さん、お願いですから――」

「だから、おれは彦次郎を助けてやろうと思って居るんだ――彦次郎を助けるには、下手人はどこか外の場所から新介の部屋へ入ったという証拠がなきゃならない――この理屈はお前にもわかるだろう」

「え、え」

「下手人は彦次郎の部屋の前を通らずに、新介の部屋へ入ったと思うが、どうだ。そんな入口に心当りはないか」

「ありますよ、親分さん。新介どんの部屋の窓の格子が二本も、二三年前から外れているのです」

お浪はとうとう平次の誘いに乗って来たのです。

「二三年前から？」

「え、三年も前です――弟の四郎があの格子を外して、面白がって居たことがありました。まだ十五、六の頃ですもの――それっきり私も忘れて居ましたが、何んでも釘がきかないけれども、間に合せに叩いて置くから、一本一本力任せに格子を動かしでもしなきゃ、誰にもわかる気づかいはない――なんて呑気なことを言って居ました」

「それだ」

平次には、次第に事件の全体がわかって来るような気がしますが、まだかんじんの下手人の姿だけは浮んで来ません。

そこへノソリと入って来たのは五丁目の元吉でした。

「銭形の親分、大入道の駒吉はとうとう口を割ったぜ」

「えッ」

元吉の得意そうな調子は、かなり銭形平次を驚かしました。

「駒吉はこう言うんだよ——金をさんざん絞った上、娘のお菊をなぐさみ物にしようとして居る新介はどう考えても勘弁出来ない。私はあの晩こそは新介をおびき出して一と思いに息の根を止めるつもりで佐渡屋のまわりをグルグル歩いて居ました——とね」

「——」

元吉の話は続きました。

「——駒吉は新介を殺す気で行ったんだぜ。あの大入道の駒吉が、世間の息子を道楽者にするのを商売にしている癖に、自分の娘のこととなると、まるで眼がねえんだ」

元吉の話に依れば、その晩佐渡屋の近所で折をねらっていた駒吉は、夜半近くなって、佐渡屋の裏木戸を、何やら重そうな物を背負った人間が出て来たので、その後をつけて行くと、相手は気が付いた様子で、あわてて背負って居るものを投り出し、もとの佐渡屋の裏へ逃げ込んだというのです。

「――駒吉は側へ寄って、その放り出したものを見ると、新介の死骸だ。びっくりして逃げ出そうとしたが、新介の死顔を見ると、日頃の怨（うらみ）がムラムラとこみあげて、ツイその死骸を崖（がけ）の下へ転がし落し、上から道傍（みちばた）にあった、大きな石を投り出してやったというのだ――いかにも執念深いが、大入道の駒吉ならそれくらいなことをやり兼ねまいと思うよ」

「――」

「そう聴くと駒吉は下手人でないが、まだ縄を解いて帰すわけには行かない。新介殺しの下手人はやはり佐渡屋の者で、彦次郎でなきゃ、四郎ということになるが、四郎はあの通り華奢（きゃしゃ）で、弱いから、死骸を背負って出たのは、彦次郎ということになるが、どうだろう銭形の親分」

五丁目の元吉の話は少し自慢たらたらでした。

「それでいろいろの事がわかったよ。だが死骸を背負い出したのは彦次郎じゃないぜ――もう名乗って出て居るが――」

平次は静かに元吉の推定に抗議しました。

「何、名乗って出た？」

元吉の眼には少し角が立ちます。

「此処にいるよ——だが、待ってくれ元吉親分。死骸を背負って出たのは番頭の嘉平だが、新介を殺した下手人は外にあるぜ」

「誰だいそいつは」

湯島の元吉は平次の膝の下に崩折れる番頭の嘉平を見やりながら問い返しました。

「そいつがなかなかわからないのだよ——ところで、元吉親分。ここは暫く下っ引に任せて向島まで行って見る気はないか」

平次は妙な事を言い出しました。

「まだ花には早いぜ」

「土手をブラブラ歩いて三囲のあたりで一杯としゃれるのも悪くないぜ。陽気は良いし、金はフンダンにあるし」

「陽気の良いのはお天道様のせいだが——金がフンダンにあるのは、お静姐さんの働きですかえ」

ガラッ八はキナ臭い顔を覗かせました。

「馬鹿、余計なことを言うな。よしず張りの茶店で、ドブロクを自慢にしている老爺を知っているんだ。沢庵を噛りながら、あれを嘗めると、三人で三百もありゃたくさんだ」

「ヘッ、驚いたなア、あっしはまた、平石にでも押し上がって、陽のあるうちは飲んで、それから吉原へでも繰り込むのかと思った」

「何をつまらねえ、そんな夢を見たかったら、生れ変って来やがれ」

そんな事を言いながらも、元吉も八五郎も平次の後について行く外はありませんでした。

十二

平次が向島へ行ったのは、新介が横領したという、佐渡屋の寮（別荘）を見るためでした。

寮は寺島村の百姓地で、長命寺からはそんなに遠くはありませんが、生垣をめぐらした簡素な建物で、番頭のいった『立派』さはないにしても、ひどく凝ったもので、決して宜い加減な譜請ではありません。

「中を見せてもらうよ」

ガラッ八が先駆けをして申し入れると腰に下げた十手を見て、

「ヘエヘエどうぞ、御覧下さい」

番人は如才がありません。松蔵といって五十男、まだ働けそうですが、腰の低い、人相の険しいのが特色です。

入って見ると、中の調度は恐ろしく俗悪なもので、建物の茶がかったのに比べて、何という馬鹿馬鹿しい好みでしょう。

「この寮は先代の主人の好みで建てたのか」

「私は昔のことは存じませんが――」

「お前はいつからここに居るのだ」

「半年ほど前でございます」

平次の問いに対して、番人の松蔵はハキハキと答えました。

「新介に雇われたのだな」

「へエ」

「新介はときどき此処へ来るのか」

「月に二度や三度は参ります」

「一人で？」

「いえ、お為さんといっしょで――もっとも近ごろはお為さんが来なくなりましたが」

「それはいつ頃からだ」

「何時頃というほどじゃございません。お為さんが来なくなってから、ほんの一と月くらいのもので」

「新介はここへ何にか大事なものを持って来なかったか」

「さア、それはわかりませんが――」

松蔵の答えには何んのわだかまりもありません。

その間にも八五郎と元吉は、狭い家の中を残る隈なく捜しましたが、夜具と食器と、少しばかりの食糧の外には何んにもありません。

「元吉親分」

「何んだい銭形の」

「おれはこの寮に、何にか隠しているに違いないと思うんだが」

「天井から床下まで見たが、何んにもないよ。こんな狭い家だ、何処にも隠しようはないぜ」

「――」

「せめて千両箱が二つ三つ出ると面白いんだが――」

元吉の口調には、妙に皮肉なところがあります。が、平次はそれには関わらず、黙りこくって、家の前の掘割のあたりを見ておりました。

「八、あの男を縛ってくれ」

「？」

平次の指したのは、番人の松蔵の素知らぬ顔でした。

「それッ」

八五郎が呆気にとられている間に、サッと逃げ出した松蔵は、五丁目の元吉に行手を遮られたのです。

「御用ッ」

其処へ飛び付いたのは八五郎でした。

「親分、あっしを何うしようというんだ」

縛られながらも松蔵は、反抗的に眼を光らせます。

「縛られるわけがないというのか。よし、よし、今見せてやろう——八、向うの掘割の石垣を見てくれ。一箇所石の動いて居るところがある筈だ」

「へエ」

八五郎は飛んで行きました。

「その隣りだ——その辺だろう。石を起して見ろ——一人じゃむずかしい——当り前だ、その辺に棒があるだろう、梃がありゃわけはないよ」

「なるほどね——おや、大変な芹だ。こいつは帰りに取って行きましょうや」

「春先の田圃に芹のあるのは当り前だ。そんなものに眼をくれずに、石を起して見ろ」

「おや、おや、大変ですよ、親分」

八五郎は頓狂な声を出しました。

「何があるんだ」

「千両箱ですよ」

「何？　千両箱」

元吉も飛んで行きました。石の下には大きな穴があって、そこには千両箱が五つまで、泥にまみれて隠されてあったのです。

「どうして此処にこんなものがあるとわかったんです、親分」

八五郎はそれが不思議でたまらなかった様子です。平次はときどきこんな飛躍的な発見をして、人を驚かすことがあるのでした。

「松蔵の眼ばかり見て居たんだよ——その眼は元吉親分とお前が、家中を捜している間も、あの石垣のあたりから離れなかったんだ」

「なるほどね」

千両箱を五つ、これは村役人を呼び出して保管を頼み、元吉は松蔵の縄尻を取って、引揚げることになりました。

この一行が神田へ入った時、

「元吉親分」

「何んだえ、銭形の」

「医者の見道先生の家をちょっと覗いて見たいが」

「すぐ其処だよ」

八五郎に松蔵を預けて、銭形平次と元吉の二人、見道先生のところへ立ち寄ると、宜い塩梅に見道は駕籠を用意してこれから出かけようというところでした。

「あ、銭形の親分――あの薬の中に交ぜてあった毒がわかりましたよ」

見道先生はべっ甲縁の眼鏡を外しながら、忙しそうに出て来ました。

「毒芹でしょう、先生」

平次はその鼻の先へ、効果的な一句を投じたのです。

「その通りだ。よくわかったね」

見道先生は少し度胆を抜かれた様子です。

「向島で芹を見て思い出したんで」

「向島にあるかないか知らないが、芹によく似た毒草で、玉芹または鬼芹というのがある。あの煎じ薬に交って居たのはそれだよ。葉は若い時は芹に似ているというが、根はワサビそっくりだということだ。産地によって猛毒があり、馬が食っても死ぬといわれ

る」（注　近代の植物学では延髄を冒して呼吸麻痺を起させると言って居る）

見道先生の本草学説話は果てしもなく続きそうです。

平次はもう見道の本草の講釈などは聴いていませんでした。

「元吉親分、これで下手人がわかったろう。相手は猫のような女だ。表裏から佐渡屋へ踏み込むんだ。八お前は裏へ廻れ」

「合点」

縄付の松蔵を土地の下っ引に任せて、三人は一気に飛びました。

新介の思い者のお為――ガラッ八の巣へ押しかけて泊り込んだ、あの化け猫のように執念深いお為は、八五郎の手に縛られました。そして散々手古摺らせながら、元吉に引かれて行くのを見送って、

「五人目ですね、親分」

八五郎は不安らしく、お為の後ろ姿――憤怒と絶望とにゆがめられた、狂暴な美女の後ろ姿を眺めておりました。

※　※　※

一件落着してから、平次はガラッ八のためにこう説明してやったのです。

「もうお前もわかっているだろうが、お為は新介に棄(す)てられそうになったので、寮の番人の松蔵とぐるになって新介を殺し、寮に隠して置いた五千両という大金をせしめる気になったのだよ――毒芹(どくぜり)をワサビと交ぜてすり込み、酢蛸(すだこ)と一しょに新介の寝酒の時やるように、下女のお安に頼んで自分はお弓町の知合いの家へ行ったのだ。自分の留守中に新介が死ぬように仕組んだのが、あの女の食えないところだ」

「太え女ですね」

「太過ぎたよ――新介をわけもなく殺したので、今度はいろいろの事を知っているお安も殺したくなり、煎(せん)じ薬の中に毒芹を交ぜた――そして自分は八五郎の家へ泊りに行ったのさ。二度までもお為の留守(るす)に人が殺されたので、おれはあの時から下手人はこの女ではないかと思ったよ」

「――」

「毒芹は滅多(めった)にないが、あの近所に生(は)えていることを、寮の番人の松蔵が知っていたんだろう。あれは石見銀山と違ってひどく吐いたりなんかしないが、ききめは恐ろしいと言うことだ」

「ヘエ——それから四郎のことですがね、あの男は何んにもしなかったのですかえ」

「いや、四郎にも罪はある——一年目で座敷牢から出してもらった四郎が、口惜しまぎれに予て知っていた窓の格子を外して忍び込み、いきなり寝ている新介の首を絞めたのさ——ところが、その時はもう新介は毒芹でやられて死んでいたのだよ」

「ヘエ」

「でも、四郎は自分の手で新介を殺したと思い込み、入口の戸の釘を抜いて廊下へ出たのだろう。それを番頭の嘉平が見付けて、四郎を庇ってやるつもりで、死がいを背負い出してお茶の水に捨てた——窓の外の下駄は、あとで格子の中へ取り込んだに違いない。帰りの足跡がなかったのはそのためだ」

「——」

「隣りの部屋の彦次郎もこの騒ぎを知らない筈はないが、これも四郎を庇って言わなかった。嘉平も彦次郎も新介殺しを四郎に違いないと思い込んで居たのだ」

「その四郎や駒吉はどうなるんでしょう」

「軽いおとがめで済むようにお願いしてやるよ。お菊やお浪お愛の姉妹が可哀想じゃないか——ところで今度という今度は、八も飛んだ色男だとわかったよ。若くてきれいな女三人に噛りつかれたんだからたいしたものだ。おごれよ、畜生」

平次は言い了ってカラカラと笑ったのです。

本作品中に差別的ともとられかねない表現が見られますが、著者がすでに故人であることと作品の文学性・芸術性に鑑み、原文のままとしました。

（春陽堂書店編集部）

『恋文道中記』覚え書き

初　出　恋文道中記　不明

八五郎女難　「報知新聞」（報知新聞社）昭和21年12月15日～22年1月29日付

初刊本　恋文道中記「妖奇臨時増刊」（オール・ロマンス社）昭和23年2月

八五郎女難　報知出版社　昭和22年9月　※「嵐の夜の出来事」を併録

再刊本　恋文道中記「妖奇臨時増刊」（オール・ロマンス社）昭和23年6月

湊書房　昭和26年10月

※「美女罪あり」「女護の島異変」「邪恋の償い」を併録

同光社〈銭形平次捕物全集36〉昭和29年11月

※「水車の音」を併録

河出書房〈銭形平次捕物全集9〉昭和31年8月

※「髷切り」「子守唄」「一番札」「生き葬い」「水垢離」

「お登世の恋人」「罠」「頬の疵」「尼が紅」「盗まれた十手」
「御時計師」「歩く死骸」「御宰籠」「二人娘」「お長屋碁会」
「嵐の夜の出来事」「八五郎女難」を併録
桃源社〈ポピュラー・ブックス／長編 銭形平次捕物控〉
昭和46年11月　※「八五郎売出す」を併録

八五郎女難　同光社〈銭形平次捕物全集47〉昭和30年5月
※「八五郎売り出す」「嵐の夜の出来事」を併録
河出書房〈銭形平次捕物全集9〉昭和31年8月　※前出

（編集・日下三蔵）

春陽文庫

恋文道中記（こいぶみどうちゅうき）

＜銭形平次捕物控＞

2024年2月25日　初版第1刷　発行

著　者　野村胡堂

発行者　伊藤良則

発行所　株式会社 春陽堂書店

〒一〇四―〇〇六一
東京都中央区銀座三―一〇―九
KEC銀座ビル
電話〇三（六二六四）〇八五五（代）

印刷・製本　中央精版印刷株式会社

本書のご感想は、contact@shunyodo.co.jp に
お願いいたします。

定価はカバーに明記してあります。

ISBN978-4-394-90474-8　C0193